TAKE
SHOBO

処女ですが復讐のため上司に抱かれます！

桃城猫緒

ILLUSTRATION
逆月酒乱

YUME

処女ですが
復讐のため上司に抱かれます！

CONTENTS

イラスト／逆月酒乱

処女ですが復讐のため上司に抱かれます！

プロローグ

どうしてこの人の手はこんなに安心するのだろうと、ベッドの上で杏奈は考えてしまう。

頬を撫でる温かい手の平に猫のように擦り寄れば、目の前の男の顔が切なげに微笑んだ。

「どうした、甘えちゃって」

「なんとなく……」

自分の気持ちが上手に紡げなくて曖昧に言葉を返せば、堂島は目元をいっそう和らげてから、何度も頬を撫でてくれた。

そしてその優しい手で、今度は彼女の素肌を愛でていく。

「う、んっ……、ん、……あ……っ」

淫らで甘い愉悦を知ってから幾つかの夜を超えたけれど、いまだに鼻にかかるような甘ったるい自分の声には慣れない。

彼の指が胸の先端の実をきゅっと摘んだとき、一際高い嬌声があがってしまって、杏奈は慌てて口元を手で押さえた。

けれどすぐにその手を、堂島の大きな手が剝がしてしまう。

「声、我慢しないで。ちゃんと聞かせな」

「でも……恥ずかしいです。堂島さんにこんな声聞かれるの……」

「どうして？」

まっすぐ見つめられながら聞かれた問いに、杏奈は答えられない。

恋人でもない男、ましてや敬愛していた上司にこんないやらしい声を聞かれるなんて。

恥ずかしいに決まってるのに。

そんな理由を口にしたら、『甘えてる』と叱られてしまうだろうか。はたまた『いやらしい声を聞かせることも、男を骨抜きにする練習だ』と諭されてしまうだろうか。

彼の手に愛でられたせいでボウッと熱くなった頭では上手く考えられず、杏奈は答えを返せないまま大人しく目を閉じた。

再び堂島の手が柔らかな胸の双丘を撫でさすり、敏感な薄桃色の実を手の平で転がしていく。

「ひゃ、ん……っ、や……んん」

今度はもう甘い声を隠さない。せっかく彼が〝協力〟してくれているのだから、自分も積極的になろうと気を取り直した。

それにきっと、どんな痴態を見せたって堂島なら受けとめてくれる気がする。

そんな思いで素直に上擦った声を零せば、唇の端にチュッとキスを落とされ囁(ささや)かれた。

「いい子だ。……お前は本当に可愛いな」

刹那、胸がきゅっと切なく痛む。

低く静かに囁かれたそれは、まるで恋人への睦言みたいだ。そんなはずはないのにと思いながらも、胸がドキドキと高鳴ってしまう。

――私達……ただの部下と上司だよね？

〝協力〟という名目で始まった肌を触れ合わせる時間は、いつだってとろけるほどに甘くて、泣きたくなるほどに優しい。

堂島の温かい手に愛でられながら、杏奈は分からなくなってしまう。恋を禁じたはずなのに胸が高鳴ってしまう自分の気持ちも、恋人でもないのに大切にしてくれる堂島の気持ちも、〝復讐〟を置き去りにしてしまうほどの幸せに酔っていいのかも。

考えようとしたけれど、彼の舌がなまめかしく唇をねぶり、指先が蜜に濡れた下肢の間を辿るから。熱い吐息と一緒に、思考は夜の空気に消えてしまう。

自分の中で〝恋〟と〝復讐〟の天秤がどちらに傾いたか。それすらも分からないまま、杏奈は堂島の温かい手に身体を委ねた。

1　復讐に向かない女

「堂島さん！　見てください、このマホガニーの上品な艶！　洒落た溝彫りのフレーム！　素晴らしいソファーだと思いませんか⁉」

「却下」

デスクに前のめりになりながら鼻息荒くスマートフォンの画像を見せ付けてくる辻杏奈に、堂島雄基は端正な顔を苦笑に歪めながらもあっさりと否定した。

自信を漲らせて見せた画像がすげなく却下されてしまい、杏奈はしばらく目をしばたたかせたあと、不思議そうに小首を傾げる。

「あれ？　えっと……あ、そっか。スマホの画像じゃ小さすぎて良さが伝わりませんでしたね。今、堂島さんのパソコンに撮った写真全部送るんで、もういっかいよく見てください」

気を取り直して意気揚々とスマホを操作する杏奈に、堂島は片手を正面に向けると「いや、送らなくていいから」と追い打ちをかけるように否定を追加した。

「なんで!?　写真ぐらい見てくださいよ！　きさらづ工房の源さんが精魂込めて作ったソファですよ！」

「だからだよ。俺は今月お前に北欧風モダンのリビングインテリアを任せたはずだけど？　きさらづ工房ってことは、まーたトラディショナルなの持ってきたんだろ」

チェアの背もたれに凭れかかりながらため息交じりに言われた台詞に、図星を指された杏奈はぐうの音も出ないとばかりに口を噤んでへし曲げる。

「辻がクラシカル・ヨーロピアンスタイルの家具大好きなのはもう充分分かってるから。でもそれはそれ、仕事は仕事。分かったら今度こそ北欧スタイルの新作持ってこいよ」

「はーい……」

子供っぽく唇を尖らせ拗ねた表情をしたまま、杏奈はくるりと背を向けると意気消沈して自分のデスクへ戻る。その後ろ姿を眺めて堂島は可笑しそうに肩をすくめて、クスクスと小さく笑った。


「すっごく素敵なのに……」

自分の席に着いても、杏奈はまだスマホの画像を悩ましげに見ている。重厚な印象の焦げ茶色のマホガニーフレーム。渋さの中に品を感じさせるクラシカルレザー。そして職人のこだわりを窺わせる精緻な細工。優美で見事なソファーだ。

杏奈は西洋家具の歴史と伝統を感じさせるような風格のトラディショナル・インテリアが大好きだ。けれど、あいにくなことに昨今の国内では、北欧風モダンインテリアが安定した人気を博している。

明るい木目調を活かしたナチュラル・モダンな北欧スタイルも嫌いではない。けれど、北欧スタイル人気に押されて、ショールームのトラディショナル・スタイルやアンティーク・スタイルの売り場が小さくなっていくのを見ると、杏奈はやるせない気持ちになってしまうのだ。

杏奈の仕事は、インテリア販売会社〈ファニチャースマイル〉の商品部門の仕入れ担当、いわゆるバイヤーだ。

関東を中心に全国二十の大型ショールームの店舗を持つ〈ファニチャースマイル〉は、ハイセンスで高品質な優良家具を扱うことで知られる老舗のインテリア企業である。九十年代に不景気の煽り(あお)を受けてから、リーズナブルなカジュアル家具も多く扱うようになったけれど、国内外問わず一流デザイナーや職人が手掛けた優良家具をメインに扱う理念は、創業以来変わっていない。

杏奈の所属する商品部はそういった人物やメーカーと交渉をし、商品を仕入れる役割を担っている。こちらからぜひ扱わせて欲しいとお願いすることもあれば、向こうから勧めてきたものでも意にそわなければお断りすることもある。

商品部に所属するざっと三十人のバイヤーたちが厳選した商品企画の中から、バイヤーチーフである堂島雄基のお眼鏡に適ったものだけが部長に提出され、その後ショールーム部や販売部と行われる会議で合格した品物が〈ファニチャースマイル〉のショールームに並ぶのだ。

今年で入社四年目になる杏奈はこの部署ではまだまだ新人の部類に入る。時々自分好みの商品を選んでしまい、チーフである堂島にため息を吐かれてしまうこともあるけれど、家具にかける愛情と情熱だけは人一倍といっていいだろう。

家具が好きだからこそ暴走してしまう情熱は、上司からすれば困ったものかもしれない。けれど、そこに並々ならぬ理由があることを堂島は知っている。だからこそ杏奈の提案を却下はすれど、放っておくことを彼は出来ないのだった。

＊　＊　＊

「きさらづ工房の画像、全部見たよ。やっぱ杏奈の選ぶトラディショナルは間違いないな。ショールームじゃ出ないだろうけど、プロデュース部のコーディネーターに声かけといてやるよ。一流ホテルのラウンジや老舗のレストランなら使ってくれるかもしれない」

「本当ですか⁉　やったあ、堂島さん大好き！」

ＰＭ八時。なじみの居酒屋のテーブル席で、堂島はジョッキのビールを半分飲み干してから向かいの席の杏奈に告げた。一度は肩を落とした案件が敗者復活の兆しを見せたことに、杏奈は酔いが回るよりも早く興奮で頰を赤くする。

ここは杏奈と堂島の勤める〈ファニチャースマイル〉本社のある品川駅から、特急で一駅の青物横丁。先進的な建物が並ぶベイエリアと、下町のような懐かしさが漂う旧街道沿いの新旧が混在する町だ。

この町にそれぞれ住居を持つふたりは、こうして仕事帰りに一緒に飲むことがよくある。一年半前、たまたま同じ青物横丁に住んでいると発覚したとき、杏奈から『私、いい居酒屋知ってるんですよ』と誘ったことがきっかけで、以来ふたりは会社のみんなには内緒の飲み友達を続けていた。

二十五歳の杏奈はまだ独身どころか彼氏もいない。しかも、活発に見えて色恋には奥手で疎いことから、この歳になっても恋愛経験はゼロである。

決して男に避けられる容姿ではない。卵型の輪郭に、口角がクイッと上がった天然のアヒル口。大きな半月型の瞳に好奇心旺盛そうな山形の眉と、女性らしい愛嬌のある顔をしている。胸はやや小ぶりだけど身長も体重も人並みだし、前髪ごとセンターで分けて毛先を巻いたミディアムヘアーも、ガウチョパンツやワイドパンツを好んで着るきれいめのカジュアルスタイルも、年相応の無難さだろう。

学生の頃や入社したての頃はそれこそ男性からの誘いもあったのだが、本人が恋愛体質でないうえに、とある目標に邁進中ということもあって、チャンスをことごとく蹴散らしてしまったのだ。

一方の堂島は未婚ではあるけれど、恋愛経験値においては杏奈とは大きな差がある。今年で二十九歳になった彼は、街ですれ違った女性をハッとさせるほどのイケメンだ。

百八十センチを超える長身に、無駄な肉のないバランスの良いスタイル。涼やかな目元に高い鼻は美形だけど少しだけ冷たい印象を与えるが、笑うとクシャッと目元にシワが寄り、一気に甘さを醸し出す。アップバングにして斜めに流した黒髪はサラサラで、身に着けているものもスーツから時計や靴まで、人に不快感を与えない清潔さと嫌味にならない上品さを持っていた。

性格も面倒見が良く、人あたりが良いせいで部下からも慕われている。杏奈は彼のプライベートや上司からの評価までは知らないが、それが悪いものではないだろうことぐらいは容易く想像がついた。

そして、外見も性格も良い彼がどれほど女性にモテるのかも。

けれど、堂島とこうして飲むようになってから一年以上が経つけれど、お互い異性関係の話題は出たことがない。杏奈に関しては話題にしようもないのだけど、堂島までも気を使っているのか、恋人などの話をしたことはなかった。

話題はいつも杏奈の好きな家具のこと、それからたわいないニュースや流行のことなどだ。

それでも、杏奈にとって月に三、四回ある彼とのふたり飲みは、とても楽しいものだった。

酔っぱらって饒舌に家具について語る杏奈の話を、堂島はいつだって目を細め楽しそうに相槌を打ちながら聞いてくれる。それが嬉しくてたまらなかった。時々冗談めかしてからかったり、真剣にアドバイスをくれたりするのも、好きだ。

それから杏奈の酔いがだいぶ回ってきた頃を見計らってストップをかけてくれる誠実な優しさや、いつも彼女のアパートまできちんと送り届けてくれる面倒見の良さも、とてもいいと思う。そして。

「杏奈、次何飲む？」

「じゃあー、はちみつレモンサワー飲もうかな」

ふたりきりのときだけ、さりげなく『杏奈』と呼ぶ、距離の縮め方も。

「だからね、堂島さん〜。私はあ、復讐に生きる女なんですよ〜。分かりますかあ？　早く出世して〜、取締役員になって〜、この会社をのっとって〜、あの社長と常務をケチョンケチョンにしてやるのが、私の人生最大の目標なんです〜」

ＰＭ九時四十五分。ビールジョッキを一杯とサワーグラスを三杯空けた杏奈は、だいぶ目が虚ろになってきていた。

「杏奈、もう飲むのやめとけ。そろそろ帰ろう」

彼女の限界値を知っている堂島はそう宥め、まだ中身の残ってるサワーグラスを杏奈の手から抜き取る。

けれど、サワーはあきらめたものの、まだしゃべり足りない杏奈は腰を上げようとはしない。

立ち上がる様子のない姿を見て堂島は苦笑いを浮かべると、浮かしかけていた腰をもう一度椅子に降ろし直して「どうぞ」と話の続きを促した。

「私はぜっ……たいに、〈ファニチャースマイル〉と洞木社長とその一族を許さないんです！　大好きなお爺ちゃんをあんなに苦しませた〈ファニチャースマイル〉に復讐するまでは、恋愛も結婚もしないいんだから！　だから私は一刻も早く出世しなくちゃいけないのに～！」

こぶしを握り締めて力説する話は、杏奈が酔っぱらったときのいつもの話題だ。もう何十回と聞かされている話だけど、堂島は顔を見てしっかりと相槌を打ってくれる。

「でもね……ぜーんぜん上手くいかない……。このままじゃ会社に復讐する前に私、お婆さんになっちゃう。毎日頑張ってるのに……どうしよう……」

酔っぱらいらしくコロコロとテンションを変える杏奈は、今度は泣き出しそうな顔をしてしょんぼりとテーブルの上の枝豆を見つめる。そんな姿に堂島は少し切なげに微笑むと、腕を伸ばして彼女の頭をポンポンと撫でてやった。

「大丈夫だよ。お前はちゃんとやってる。……いつか必ず、上手くいく日がくるよ」

「うん……ありがと、堂島さん……」

堂島の手は大きくて優しい。長い指は繊細そうだけど、手の平は厚くて甘えたくなる。この手に撫でられると心地好いことを、杏奈は知っている。だから彼にだけは、誰にも秘密の〝復讐〟のことを話してしまったのかも知れない。


――杏奈が〝復讐〟を心に決めたのは、今から十二年前のことだ。

『……ああ、悔しいなあ……もっと家具を作りたかった……シェルフもベッドもみんな……もっと作りたかった……』

今でも忘れることが出来ない、祖父が息を引き取る間際の言葉。

一流の家具職人だった祖父を敬愛していた杏奈はこの遺言を聞いたとき、その無念を必ず晴らすと心に固く誓ったのだった。

杏奈の祖父、音彦（おとひこ）は英国トラディショナルデザインのインテリアを専門とする腕利きの家具職人だった。

若き頃に渡英した彼は歴史と伝統を感じさせる英国家具に惚れ込み、現地でその技術を学んだあと、日本へ帰り小さな工房を立ち上げた。

英国トラディショナルの家具はマホガニーやウォールナット、クラシカルレザーなどを使い重厚感と風格を感じさせる一方で、花柄のファブリックや彫り装飾など温かみも感じさせる。そして何より大切に長年使い込んでいくことでますます味わいが増し、持ち主の歴史を何世代も刻んでいける素晴らしいインテリアだ。

英国トラディショナルを初め、クラシカル系の家具にはそういった家具と人との長い歴史を窺わせるものが多い。その国が、人が、どんな歴史を歩んできたのか。それは受け継がれてきたインテリアを見れば分かると、音彦は生前、幼い杏奈によくそう話した。

大人になった杏奈の家具好きは、明らかにそれが影響している。彼女は芸術とも言える素晴らしい家具を生み出す祖父を尊敬し、心から慕っていた。

音彦の作るドレッサーやシェルフは、精緻な装飾が上品で懐かしさを感じさせると評判が良く、全盛期は幾つもの家具店に卸していたほどだ。

けれどモダンで安価な家具が主流になってくるとともに売り上げは減少した。取引先は限られるようになり、工房の経営は傾き始めてしまう。

そこに救いの手を伸ばしたのが〈ファニチャースマイル〉だった。

〈ファニチャースマイル〉はショールームでの販売だけでなく、企業や公共施設のインテリアコーディネートのプロデュース事業も展開している。

音彦が作るようなクラシカルな家具は店頭ではなかなか売れないが、ホテルや空港、レストラン、コンサートホールのラウンジなどでは需要がある。彼の作る品物がプロデュース部において高い商品価値があると感じた〈ファニチャースマイル〉は、音彦に独占契約を結ばせ取引を始めた。

その目論見通り、音彦の手掛けた家具は評判が良く、工房は活気を取り戻した。全国の一流ホテルや空港に音彦の家具が置かれ、孫の杏奈は祖父を心から誇りに感じた。音彦と杏奈にとって幸せな時間だったことに間違いはない。

けれど、それからしばらくして〈ファニチャースマイル〉は大きな経営難に襲われる。安値を売りにしたインテリア販売店が全国的に進出してきたことに加え、有能だった副社長が取締役を退いたことで経営方針に影響が出たことが原因だった。

経営難の煽りを受けて音彦との取引は縮小され、やがて無情にも契約は打ち切られた。独占契約だった工房は当然潰れ、音彦は職人としての需要を完全に失う。

誇りと生きがいを持って一途に家具職人として生きてきた音彦にとって、それは大きな打撃だった。自分の作ったものが誰にも必要とされていない悲しみは、すでに七十を超えていた彼の心身をみるみる弱らせ——それから四年後の冬、音彦は家族に見守られ息を引き取った。

杏奈は忘れられない。優しかった祖父の笑顔も、家具と向き合うときの凛々しい姿も、息を引き取る間際の悲痛な嘆きも。

――私は許さない。お爺ちゃんの家具をあんなに絶賛してたのに、自分たちの都合が悪くなった途端手の平を返して契約を打ち切った〈ファニチャースマイル〉を。お爺ちゃんから生き甲斐を奪った洞木社長を、絶対に。

それが、当時十三歳だった杏奈が心に固く決めた〝復讐〟だった。

けれど。杏奈はとことん復讐に向かない性格をしていた。単純で深く考えることが苦手だし、そもそもの性格が根明なので黒い感情を抱き続けることが出来ない。

復讐を誓ったものの具体的に何をしていいか分からない杏奈は、無い知恵を絞ってとりあえず〈ファニチャースマイル〉に入社し、内部から崩壊させてやろうと、考えた。

真面目に大学でインテリアを学び、厳しい就職活動も潜り抜けて、倍率の高い〈ファニチャースマイル〉の総合職として就職できたのは、『祖父の無念を晴らしたい』という一途な情熱のおかげに他ならない。

けれど、やはり杏奈の性格は復讐などには向いていないようだ。

『誰にも邪魔されないため復讐はひとりで果たす』と決めて、人には相談せず自分だけで考えてきたことが仇（あだ）になったと気付いたのは、一年前に初めて堂島にこの話をしたときだった。

『だったら秘書課に就職して役員秘書になって会社の情報を横流しして打撃を与えるとか、株主になって役員解任の請求するとかの方が現実的だったと思うけど』

　とても具体的で確実な方法を教えられて、杏奈は目を丸くした。そんな方法、思い付きもしなかった。

　驚きと己の浅はかさ加減に落胆した杏奈はその日、堂島の制止も聞かずベロベロになるほど飲んで酔い潰れたが、結局もう営業職として入社してしまった以上、そう簡単に復讐の機会は訪れないことを悟った。そうして結局、これといった進展もないまま現在に至っている。

＊　＊　＊

「堂島さんはいい人だから、私は会社をのっとってもクビになんかしませんからね〜。ぜひ私の秘書になってくださいい〜」

「それはどうも。ほら、着いたぞ。階段でこけるなよ」

　いつものように杏奈をアパートの前まで送った堂島は、フラつく彼女の肩をささえてからそっと背中を押す。

　杏奈は、いかにも一人暮らし向けなモダンアパートの外階段を昇っていき、二階の玄関の前で振り返ると「ありがとございましたー。おやすみなさーい」と、玄関前の堂島に向かって手を振った。

眉尻を下げて「おやすみ」と手を振りかえしてくれた彼の姿を見届けてから、部屋に入る。就職を機に引っ越してきたこの１ＤＫのアパートとも、もうすぐ四年の付き合いになり、すっかり馴染んだものだ。

いつものようにジャケットとバッグをベッドの上に放ると、大きなあくびをしながらキッチンへ向かった。冷蔵庫からペットボトルを取り出し、火照った身体に冷たい水をゴクゴクと流し込む。

そのまま閉じた冷蔵庫の扉に凭れかかると、杏奈はうっとうしく顔に掛かってきた前髪を手で掻き上げながら少しだけ目を閉じた。暗くなった視界に浮かぶのは、さっき『おやすみ』と手を振ってくれた堂島の姿だ。

〈ファニチャースマイル〉の商品部というのは、会社の大きな要ともいえる部署だ。そこで役職を与えられるということは、未来の幹部候補と考えて間違いない。そんなエリートポジションに、堂島は三年前にわずか二十六歳という若さで就いたのだ。異例中の異例である。

確かに彼のバイヤーとしての手腕は長けているし、市場の流れや客のニーズを読む能力もズバ抜けている。社内コンペでは常勝といわれ、彼の発案したイベントやシリーズ化したインテリアは、ことごとく良い数字を出している。彼を誉める者の中には「堂島を経営陣に据えるべきだ」と言う者までいるほどだ。

杏奈はそんな彼を尊敬している。家具が本当に好きでなければ、出せない結果だ。だから、堂島に褒められると嬉しいし、もっと頑張ろうと思う。

だから杏奈は時々分からなくなる。自分が今どうして〈ファニチャースマイル〉で働いているのかが。

毎日好きな家具に携われて、堂島に認められると嬉しくて。そしてこうして彼と飲みに行くことが何より楽しくて。

堂島の側にいると〝復讐〟のことを忘れそうになってしまう自分が怖かった。向かい合って飲んでいるときなど、心地好い幸せに溺れそうになってしまう。

ふうっ、と大きな息を吐いて杏奈は首を横に振った。

「駄目、駄目。私は復讐に生きる女なんだから。のほほんと楽しんでる場合じゃないの」

自分を戒める独り言を呟いて立ち上がると、眠気を払うように伸びをしてからシャワーへと向かった。

それでも、明日も頑張ろうと前向きな気持ちになってしまうのは、〝復讐〟のためか堂島のせいか——鈍感な杏奈には分からない。

＊　＊　＊

翌朝、杏奈が出勤すると堂島はすでに自分のデスクについていて、他の社員と談笑していた。「おはようございまーす」と声をかければ、他の社員と同じように堂島も「おはよう、辻」と普通に挨拶を返してくれる。

会社にいる堂島も、優しくて面倒見の良い上司だから嫌いではないけれど。飲みに行った翌日は、なんとなく夜と比べて距離が開いてしまった気がして、寂しくなる。

ふたりが飲み友達だということは、部署の人たちは誰も知らない。会社では堂島がそのことを一切話さないので、杏奈もなんとなく秘密にしておいた方がいい気がしているのだ。

——別に、つきあってるとか、やましい関係じゃないんだから内緒にしなくてもいいんだけどさ。

部下たちと楽しそうに喋っている堂島を横目で見ながら、杏奈はなんとなくいじけた気分で席に着いた。子供染みた独占欲かもしれない。昨夜は自分とだけ仲良くお喋りしてくれた彼が、今はみんなのものになっているのが面白くない、と。

我ながらなんて幼稚なんだと呆れたところで、始業のベルが鳴った。杏奈は椅子から立ち上がり、みんなと同じようにチーフデスクの周りに集まる。

商品部の朝は、情報共有を兼ねた朝礼から始まる。ずっと依頼を打診していた海外の有名デザイナーと契約が結べた、先日仕入れた新商品が即完売した、そんな先輩たちの華々しい報告を聞きながら、杏奈は焦燥を募らせた。

――私ももっと成果上げなくっちゃ、このままじゃ先輩たちとどんどん差が付いちゃって、出世出来なくなっちゃうよー！

朝礼が終わるや否や、杏奈は自分のデスクから鞄とジャケットを摑み「外回り行ってきます！」とフロアを飛び出していった。

きさらづ工房のソファーは堂島がプロデュース部の方に回しておいてくれたけど、肝心のショールーム用の商品は今月まだひとつも成果を上げていない。

自分の担当している工房や事務所を手当たり次第に回ってみようと、スマホでスケジュールを確認しながら階段を駆け下りた杏奈は、一階の玄関フロアまで来たところで足を止める。普段せわしなく社員が出入りしているフロアの雰囲気が、少しだけ違うことに気付いたからだ。

受付嬢も、たまたま居合わせた社員も、出入りの業者も、エレベーターから降りてきた人物に向かって丁寧に頭を下げている。まるで大名行列のような光景に、杏奈もそこにいる人物が誰かをすぐに察して頭を下げた。

白髪交じりのオールバックに、壮年らしい渋みのある精悍（せいかん）な顔。英国仕立てのスリーピーススーツを着こなして、頭を垂れる社員たちの中央を堂々と歩くのは、この〈ファニチャースマイル〉の代表取締役社長、洞木大千だ。

そしてその後ろに続く男。堂島に負けず劣らぬ長身のスタイルの良さで、こちらも英国ブランドの細身のスーツを着こなし、切れ長の瞳が印象的な甘いマスクの持ち主は、〈ファニチャースマイル〉取締役兼常務執行役、洞木実千雄だ。大千の息子で、次期社長と噂されている。

秘書を引き連れ玄関フロアを横切っていくふたりに頭を下げながら、杏奈はひそかに奥歯を嚙みしめる。

——お、おじいちゃんのかたきめ～！　今に見てろよー！

洞木大千は二十年前から社長の座に就いている。つまり、杏奈が憎む〝音彦のかたき〟そのものなのだ。実千雄に至ってはさすがに当時は無関係だが、大千の息子でいずれはこの会社を継ぐのだからと、同時にかたき認定している。

そんな杏奈の恨みがましい眼光に気付くことなく、洞木父子は目の前を通り過ぎていく。

しかも、よけい腹立たしいことに、この父子は揃ってイケメンだ。周囲の女子社員がうっとりと憧れの眼差しで見つめていることが、なおさら杏奈を苛立たせる。

——冷酷非道な人間のくせに、色男ぶったりして腹が立つ～！　女子社員の前でバナナの皮で滑って転べばいいのに！　もしくはその高そうな靴で犬のアレでも踏んでしまえ！

みみっちい呪いをかけながら、ふたりの後ろ姿をギリギリと睨んでいた杏奈の頭に、ふと、あることが浮かんだ。

――色男……色男……色…………？

「そうだっ!!」

思わず大声を出してしまい、あわてて口を手で押さえた。一瞬玄関フロア中の注目を集めてしまい焦ったが、最高に良い考えが浮かんだことに口元の笑みがこらえきれない。

――見つけた……！　出世して会社を乗っ取るより、ずっと早くて確実で簡単な復讐方法！

社長たちが玄関を出ていきフロアがいつもの賑わいを取り戻すと、杏奈はすぐさまスマホを取り出して堂島にＬＩＮＥを送った。

「堂島さん、連日で悪いんですが今夜も飲みに付き合ってください！　私、すっごくいい復讐方法思いついちゃったんです！」

杏奈は自分が決して聡明なタイプではないことを知っている。だから、新しく思い付いた復讐方法の緻密な計画を一緒に考えて欲しいと相談するつもりだったのだけど――。

これがふたりの関係を変えるきっかけになってしまうとは、短絡的な杏奈は当然気が付くはずもなかった。

2　協力する男

堂島は眉間にしわを寄せて頭を抱えていた。

ＰＭ八時。杏奈の呼び出しにより、今日も馴染みの居酒屋〈もぎり〉で向かい合った堂島は、ビールを飲みながら話された彼女の〝新しい復讐計画〟のあまりの突飛さに、深くため息を吐き出した。

「な、なんか呆れてません？　堂島さん？」

自分では会心の案だと思っていたのに、あからさまに呆れの色を浮かべられてしまい、杏奈は困惑してビールジョッキを両手で握りしめた。

いつもなら仕事で杏奈が突飛な企画を持ってきても苦笑で済ませてくれる堂島が、今日ばかりは不機嫌そうに眉間にしわを刻んでいる。いつだって穏やかな彼が初めて見せる表情に、杏奈は戸惑いを隠せない。

「ああ、呆れてる。お前の無鉄砲なところはなんだかんだ嫌いじゃなかったが、今回ばかりは心底呆れてる」

態度だけでなくはっきりと『呆れてる』と言われてしまい、杏奈はショックを受ける。

彼がこんな攻撃的なことを言うのも初めてだ。

「ど、どうしてですか？　一生懸命考えてようやく見つけた、早急で確実な復讐方法なのにぃ」

あまりの全否定ぶりに泣きそうになりながら尋ねると、堂島はハアッと苛立たしげなため息をひとつ吐いてから彼女の方を見ないまま答えた。

「あのなあ、〝色仕掛け〟のどこが早急で確実な復讐方法なんだよ。そんなの上手くいく訳がない、やめておけ」

きつい口調で言われてしまって、杏奈はますます泣きそうになってしまった。そんな言い方しなくてもいいのに。不機嫌どころか怒りさえ滲んでいるような堂島の口ぶりに、杏奈はうなだれてしまう。

杏奈の〝新しい復讐計画〟は確かに突飛で無鉄砲で浅はかだった。

復讐対象である常務の洞木実千雄を色仕掛けで誘惑し、その懐に潜り込んで彼を破滅に追い込んでやろうというのだから。

「洞木実千雄の恋人は無理でも、その……アレのお相手になって、彼がすっかり心を許した頃、会社の重要事項を盗み出すとか。あるいは私のテクで洞木実千雄を骨抜きにして、仕事に手が付けられないぐらい色狂いにさせるとか」

「馬鹿」

　必死に説明を続ける杏奈を、堂島は容赦なく一刀両断にした。あまりにストレートな罵声に杏奈は涙目になるが、堂島は構わず言葉を続ける。

「お前、自分の身体を復讐のために利用するのか？　たかが復讐のために好きでもない男に抱かれて平気なのか？　よく考えろ」

　まっとうな説教である。けれど、彼の発した『たかが』という言葉に、杏奈の涙は引っ込み、分かりやすい怒りの表情を浮かべた。

「なんですかそれ。私がこの復讐に人生捧げてること、堂島さん知ってるでしょう？　なのに『たかが』ってなんですか。取り消してください」

　反発してきた杏奈に、堂島は一瞬口を噤む。そして色々な感情を混ぜたような複雑な表情を浮かべると、視線を逸らせて「それは謝る」とだけ呟いた。

「……けど、やっぱりその方法には反対だ。自分を粗末にして欲しくない。もっと違う方法を考えろ」

　冷静さを取り戻した口調で堂島は言ったけれど、今度はヒートアップしてしまったのは杏奈の方だった。握りしめたこぶしでテーブルをドンと叩き、いつもはきれいな弓なりの眉を怒りに持ち上げる。

「じゃあどうしろって言うんですか⁉　もう入社して四年も経つのに、私まだ何も出来てない！　全然前に進めてない！　これじゃあ復讐なんて何十年掛かっても無理じゃないですか！」

「落ち着け、杏奈」

「教えてくださいよ堂島さん！　色仕掛けよりも手っ取り早くて確実な復讐方法ってなんですか⁉　……馬鹿な私には、もう他にないんです。せいぜい女の武器を使って相手の懐に飛び込むぐらいしか、方法がないんです……！」

杏奈は悔しそうに言いきって唇を噛む。本気でもうこれ以外の手は残されていないと信じている顔だ。

テーブルにはしばらく沈黙が流れた。周囲のざわめきが遠くに聞こえる。ジョッキの水滴がテーブルに垂れるまでのわずかな時間だったのに、ふたりにはそれが途方もなく長く感じられた。

向かい合ったままふたりは互いの顔を見つめていたけれど、やがて杏奈の方から瞳を伏せて視線を外した。

「……すみません。復讐なんて個人的なことなのに、堂島さんに相談した私が馬鹿だったんです。忘れてください、今まで話したこと全部」

杏奈らしくない萎れた声で言うと、財布から千円札を数枚取り出してテーブルに置いた。そして顔を俯かせたまま席から立ち上がり、店から出ようとする。

「待て、杏奈」

堂島も立ち上がりとっさに、彼女の腕を掴んだ。けれどその手は振り払われ、無言のまま杏奈は駆け出して行ってしまう。

「杏奈！」

急いで支払いを済ませると、堂島は杏奈の後ろ姿を追って店を飛び出した。

「杏奈、待てってば！」

背中から聞こえる彼の声を聞きながら、杏奈は早足で夜の遊歩道を歩いた。

——やっぱり誰にも相談なんかするべきじゃなかったんだ。

そんな思いで堂島を拒絶するようにカツカツとヒールを鳴らし大股で歩いていたというのに、脚の長さが違いすぎるせいであっという間に追いつかれてしまった。

「杏奈！」

今度は肩を掴まれ、無理やり振り向かせられる。彼らしくない感情的な声が、アパートやマンションの立ち並ぶ静かな住宅街に反響した。

「話を聞けって！　もっと落ち着いて現実的な方法を考えろよ、俺も一緒に考えてやるから」

彼はこんな強気な口調で話す人間だっただろうか、剥き出しの感情で言葉を紡ぐ堂島の姿に杏奈は目を瞠(みは)る。

「落ち着いて考えた一番現実的な方法を堂島さんは否定するじゃないですか！　だからも

うぃいです！」

　つい負けじと喧嘩口調で返してしまった。いつもは寛容でどんな杏奈も受け入れてきてくれた堂島が、初めて真っ向から反対してきたことに、反発心が湧いてしまったのかもしれない。

「現実的じゃない」

「どこがですか⁉」

　ふたりの言い争う声が閑静な街並みにこだまする。堂島は少しだけ声を潜めると、街灯に照らされた杏奈の顔をじっと見つめて言った。

「お前、処女だろ。前に誰とも付き合ったことないって言ってたよな」

　意外な盲点を突かれて、杏奈は口をあんぐりと開けてしまった。確かに以前、酔った勢いで『私、年齢イコール彼氏いない歴なんですよ～』と口を滑らせてしまったかもしれない。

　己の迂闊（うかつ）さを恥じて顔を赤くした杏奈に、堂島はさらに言葉を続ける。

「一度しかない初体験を好きでもない男に捧げるなんて、絶対に後悔するぞ」

　けれど杏奈もここで引く訳にはいかない。頬を赤くしたまま彼を睨み付けきっぱりと返す。

「しません！　私は復讐のために今まで恋愛をしてこなかったんだから。復讐を成し遂げるために処女を奪われるなら、本望ってもんです！」

「……っ!!　馬鹿かお前は……！」

うっかり大声を出してしまい、堂島は慌てて手で自分の口を押えた。そして大きく息を吐き出して、落ち着きを取り戻そうとする。

「……そこまでしてお前は、復讐を成し遂げたい訳だ……」

「そうですよ。だから止めても無駄です」

それから堂島はしばらく口を噤んだ。眉間にしわを寄せ杏奈を見つめてから、月の浮かぶ夜空を仰いでもう一度大きく息を吐き出した。そして。

「……分かった。じゃあ、俺が協力してやる」

低く小さい声だったけれど、意を決したようにその言葉を口にした。


二十分後。

杏奈は堂島のマンションにいた。

初めて訪れる彼の住居は、同じ町に住んでいるはずなのに杏奈の庶民的なアパートとは明らかな格差があった。

セキュリティ万全、コンシェルジュ常在の２ＬＤＫマンションは室内も広く、とても一人暮らしの部屋とは思えない。

インテリアはイタリアンモダンテイストで統一されている。大胆で洗練されたデザインのテーブルセットや、上品でシンプルな革張りのソファーは、ミラノの有名デザイナーが手掛けたものだ。トータルコーディネートを考えるといったいどれだけの値段になるか、想像もつかない。

けれど、家具好きの杏奈もさすがに今はそんなインテリアに感心している余裕はなかった。なぜなら。

「シャワー使うなら、廊下に出て左側にあるから。タオルは適当に使って」

平然とそんなことを口にしながら堂島が杏奈を案内した部屋は——寝室だったのだから。

「……えっと、あの……。な、なんで私、堂島さんの部屋に連れてこられたんでしょうか……？」

「言っただろ、協力するって」

あれから半ば強引にこのマンションに連れてこられたと思ったら、リビングを素通りしていきなり寝室へ直行である。その意図はまったく理解出来ないけれど、いくら杏奈とて、ベッドのある部屋に連れ込まれることが穏やかでないことぐらいは理解出来る。

「い、意味が分かりません。協力してくれるのはありがたいけど、私、やっぱ帰ります」

気まずさと緊張で声が裏返りそうになりながら杏奈が部屋から出ようとすると、ドンと壁に手を当てて進路をふさがれた。驚いて身体を翻そうとすると、逆側も同じようにふさがれる。

堂島の腕と壁の間にすっぽり閉じ込められる形になってしまって、杏奈はゴクリと唾を呑んだ。隙のないほど整った堂島の顔が真正面の近い距離にある。緊張に身体を強張らせていると、目の前の顔がクスリと笑った。

「怯えてるんだ？」

浮かべている笑みは優しいのに、声には嗜虐が滲んでいる。からかわれているような気がして、杏奈はムッと彼をにらみつけた。

「あ、当たり前じゃないですか。急に意味もなくこんなことされたら、誰だって怖いし怯えます」

「へえ。そんな意気地のないことで、よく色仕掛けなんて考えたもんだな」

堂島の言葉を聞いて、杏奈はさらに腹を立てた。ようは、彼はこうして性的な脅威を与えることで、色仕掛けを諦めさせようとしてるのだと理解した杏奈は、今度は強気に言い返す。けれど。

「余計なお世話です！　こう見えて本番には強いタイプですから。いざとなれば、常務を骨抜きにするぐらい余裕――」

幼稚な反論は、途中で途切れた。言葉ごと、堂島が唇で奪った。

まさか本当に何かをされるとは思わなかった杏奈は、目を大きく見開いたまま動けなくなる。生まれて初めてのキスがこんな不意打ちで奪われて、まともに反応できるはずがない。

瞬きも出来ない瞳には、堂島の端正な顔が映る。初めて知る距離で見る彼の顔は美しく、こんなときだというのに、閉じた瞼(まぶた)に綴(つづ)られた睫毛(まつげ)の長さに感心してしまった。

重ねられた唇は温かいけど、自分より少しだけ硬い気がした。それがくっついたり離れたりを繰り返しながら、少しずつ深く交わっていく。

唇に唇を挟まれるようにしてねぶられたり、舌先でくすぐるように歯列を舐められて、妙なくすぐったさが湧きあがる。かすかな彼の吐息を感じたとき、あまりの驚きで何処かへ飛んでいっていた杏奈の思考が、ようやく我を取り戻した。

「――っ、や、ぁ……っ！　いや、あ……っ」

堂島の胸板を必死に押しやって、なんとか彼を引き離そうとする。すると、壁についていた手が杏奈の身体を捕まえるように、強く抱きしめてきた。

「んっ、ぅんん……っ！」

身動きが取れないほど固く抱きしめられて、さらに深く唇を重ねられる。苦しくなって息を継ごうとすれば、開いた唇と歯列の間からヌルリと舌が入り込んできた。

ゾクリと、全身に震えが走る。冗談では済まされない本気のキスだと、頭の奥で何かが警告している。とたんに抱きしめている大きな手や力強い腕、密着した身体から伝わる体

温や息遣いに、堂島の〝男〟を感じて、心臓が大きく高鳴った。

堂島の舌は、何も出来ないでいる杏奈の舌を強引に舐めていく。彼女の唾液を味わうように何度も表面を往復し、絡めるように裏側にまで這わせた。

口の中を舐められているだけなのに、全身に火がついたように熱い。疼くようなくすぐったさが、思考を掻き乱していくような気がした。

「ん……ふ、ぁ……」

呼吸が苦しかったせいだろうか、ようやく口を離されたときには頭が熱っぽくぼんやりとしてしまっていた。

朦朧とした表情を浮かべる杏奈を、三日月目の笑みで見つめながら、堂島は自分の親指で彼女の口元に伝う銀糸を拭う。

「キスもろくに出来ないのに、どうやって常務を骨抜きにするつもりだ？」

意地の悪い問い掛けに、杏奈は答えられない。気丈に反発する余裕もない。

まだ乱れた息が整わないまま戸惑いの表情を浮かべていると、堂島は今度は耳に口付ながら吐息のような声で告げた。

「……俺が教えてやるよ。言っただろ、協力してやるって。どうしたら男が悦ぶか、俺がその身体にぜんぶ、教えてやる」

耳朶を食まれながら囁かれた言葉に、身体がビクンと跳ねた。トクトクと加速した鼓動が全身に響く。

まだキスの余韻から抜けていないのに、愛撫とともに低い声でそんな台詞を囁かれては、身体が熱くてそれだけで溶け崩れてしまいそうだ。

「で、でも……私……堂島さんとそんなこと……」

力の入らない手で身体を押し離そうとしながら、弱々しく訴える。いくらなんでもこれは上司と部下の関係を超えてしまっている。それに、『協力するから』という名目で、堂島と身体を結ぶのは嫌だ。彼のことが嫌いではないからこそ、そんな不純な関係は悲しすぎる。

けれど、杏奈の言葉を聞いた堂島は、瞳にわずかに冷ややかさを浮かべて言った。

「復讐のためなら処女も惜しくないんだろう？　だったらもっと腹を括れよ。俺に抱かれて、女の武器とやらを磨いてから常務に挑むぐらいの覚悟を見せろよ」

照明の明かりを背に浴びた堂島の顔には、暗く影が落ちている。高い鼻や綺麗な二重に落ちる影は、どこかほの暗い妖艶さを纏(まと)っていた。

「堂島、さ……」

呼びかけた唇は再び唇でふさがれる。今度はいきなり深く口内をねぶってきた堂島は、左手で強く杏奈の身体を抱きしめたまま、ブラウスのボタンに右手の指をかけてきた。

「……っ、ん……っ」

抵抗しようと大きな手を摑んだ杏奈の指先には、力が籠もらない。さっき彼が言ったことが間違っていないような気がして、抗う気持ちを萎縮させてしまう。

確かに一度も性的経験のない自分が無鉄砲に色仕掛けをしても、失敗する可能性は大きい。常務に何度も抱きたいと思わせるような存在にならなければ意味がないのだから。だったら、堂島の言う通り女の武器を磨いてから挑むべきだ。

そして、その覚悟があるのなら……それを教えてくれるという堂島に抱かれることは、何も問題がないはずだ。

けれど。杏奈の胸はどうしてか締めつけられるように苦しくなる。

堂島のことは嫌いじゃない。それどころかキスをされても一切嫌悪が湧かなかった。

杏奈は気付き始めていた。彼に上司としてだけではなく、異性としても惹かれていたことに。だからこそ、これから愛のないセックスをすることをこんなにも苦しく思うのだ。

複雑な思いがこんがらがってぎゅうぎゅうと胸を締めつける。自分でも手に負えなくてどうしていいか分からないのに、彼の手はひとつずつ確実にボタンを外して不純な関係を進めていく。

「綺麗な胸だな」

ブラウスを開いたあと器用にブラジャーのホックまで外してしまった堂島は、緩んだカップから胸を掬（すく）い上げるようにして露出させた。

「や……っ」

堂島に胸を見られていると思うと恥ずかしくて、抵抗の声さえも喉に詰まって出てこなくなる。目を固く閉じ、唇を噛みしめて、火が出そうなほど熱くなった顔を必死に横に背けた。

けれど、胸の先が突然ぬるりとした感触に覆われ、杏奈は驚きのあまり目を開いてしまう。

――うそっ……！

剝き出しになった自分の胸の先端を、堂島が唇に含んでいる光景が目に飛び込んできた。あまりにも性的なその光景に、頭がクラクラしてくる。つい数十分前まで仲の良い上司と部下で、居酒屋で呑気に乾杯をしていた関係だったのに。さっきまでの日常とあまりにかけ離れすぎていて、現実感が希薄になる。

「やっ……あんっ！」

チュッと軽く先端を吸われた。ツンと抜けるような刺激を感じ、自分の意志とは関係なく甘ったるい声が出てしまう。

それを耳にした堂島が上目で見つめてくるものだから、視線がばっちり合ってしまった。裸の胸を見られ愛撫されたうえに、感じてしまった顔をみられるなんて、恥ずかしくて頭がおかしくなりそうだ。

「やだ……や、あ……っ、こんなの、やだ……あ……っ」

羞恥のあまり目尻に涙を浮かべながら、子供のようにイヤイヤと首を振る。けれど堂島は、許してくれるどころか口に含んだ乳頭を舌で弄ぶように転がし始めた。もう片方の胸もやわやわと包み込むように揉み、手の平でコロコロと先端の実を転がす。

「はっ、ん……や、あ……あっ、あ……いや……」

せめてこの甘ったるい声を止めたいのに、呼吸をするたび喉の奥から勝手に漏れてしまってどうしようもない。手で口元を押さえても力が入らず、隙間からあっさりと零れてしまった。

胸を弄られるだけで、こんな変な気分になるだなんて。杏奈は知らなかった。身体の中がグズグズに熟れた果物になったみたいだった。甘ったるくて溶けてしまって水っぽくなって。そしてたっぷりと蜜を含んだ果汁が、トロリと自分から溢れていくのを感じる。

無意識に杏奈が太腿を擦り合わせるのを、堂島は見逃さなかった。胸から顔を離すと耳元に口を寄せてから「ベッド行こう」と囁き、そのまま杏奈の身体を横抱きにしてしまう。

「きゃ……！」

驚いて拒否する間もなく、身体はすぐ後ろのベッドへ降ろされた。

グレーのレザーフレームのベッドにダークグレーのベッドリネンという組み合わせも、見事なイタリアンモダンスタイルだ。枕のワインレッドが差し色としてにくい演出をしているが、当然今の杏奈にそれを咎める余裕はない。

ギシ、とベッドのコイルが軋(きし)んだ音を立てて二人分の体重を受けとめる。仰向けに寝かされた杏奈をまたぐようにして、堂島が身体を組み敷いてきた。

「ひ……ぃ、んっ」

首筋を舐められて、引きつったような声が出てしまう。ゾクリと肩を竦(すく)めれば、大きな手がそれを宥めながら器用にブラウスを脱がせていった。同時にブラジャーも抜き取られてしまい、上半身が無防備極まりない姿になってしまう。

背中に触れるシーツの感触がなんとも心許なくて、杏奈は身体を隠すように自分の腕で覆った。けれどそれはあっさり、堂島の力強い手に剝がされてしまう。

「隠さないで」

この部屋に来てからずっと、彼の声はいつもより低い気がする。それが強烈に〝男〟を感じさせるから、杏奈の胸はいちいち鼓動が早まって仕方ない。

「でも……っ、堂島さんに見られるの……恥ずかしいよぉ……っ」

戸惑いながらも彼の〝協力〟を受け入れるべきか悩んでいた杏奈だったが、ついに弱気な台詞が出てしまった。恥ずかしくて、心臓が爆発しそうなほど煩(うるさ)くて、もう限界だ。

「なんで？」

真っ赤に染まった杏奈の顔を見下ろしながら、冷静な口調で堂島が聞く。逆光で表情がよく分からないのが、なんだか不安にさせる。

「だって、だって堂島さんいつもとなんだか雰囲気違うし……よく分かんないけど、こんなのなんか変……」

たどたどしく心情を吐露すれば、彼の瞳にまた冷ややかさが浮かんだ。

「こんなもんだよ、女を抱くときの男なんてのは。今から慣れておかないと、本番で怖じ気づくんじゃないのか」

彼の言うことは尤もだ。けれど、あまりに〝協力〟に徹しているその言葉は、少しだけ悲しい。

そんな想いを上手に言葉に出来なくて口を噤んでしまうと、堂島は何事もなかったように再び愛撫を始めた。首筋から鎖骨へと唇を這わせ、そのまま胸の膨らみを辿っていく。

そして先端の薄桃色の実を口に含むと、今度は軽く甘嚙みをしてきた。

「ひゃ、あぁんっ」

仄かな痛みとそれ以上に甘く強い刺激。抑えきれない嬌声をあげれば、もう片方の先端も指で強く摘まれた。

「ひっ……ぃん、ひ、ぁ……あぁっ」

ジンジンとした痺れが背筋まで駆け抜け、下肢の間を疼かせる。モジモジと腿を擦り合わせていると、堂島の手がその隙間に滑り込んできた。

「あっ……！　だめ、そこ……！」

焦って摑もうとしたけれど、大きな手の侵入は止まらない。ストッキングに包まれた太腿の内側を撫でられ、そのまま脚を割り開かれてしまった。

ツゥッ、と男の無骨な指がショーツの中央を撫でた。杏奈の身体がビクンと大きく跳ねて、全身が緊張で強張る。

「力抜いて」

そんなことを言われても、羞恥と緊張と混乱でいっぱいいっぱいな杏奈に出来る訳がない。

すると堂島は胸の愛撫をやめて唇にキスをしながら、ショーツの上を優しく指で何度もなぞった。

「んっ……ぅん、ふ……ぅ、んっ」

なまめかしく口の中を辿っていく舌の感触と、布越しに秘部をもどかしいほど優しくなぞる指の感触が、身体の奥でひとつに混じって快感になる。秘裂に沿って彼の指が上下するたび、初めて知る悦楽と疼きが込み上げてきて、脚から力が抜けていってしまう。

やがて堂島の指がある箇所を強めに擦ると、杏奈の身体に強烈な痺れが走った。無意識に腰が跳ねてしまうほど、鮮烈な刺激。

いくら経験がないとはいえ杏奈だっていい歳の大人だ。そこがなんなのか分からないほど無知ではない。

　堂島の指が集中的にそこを攻めだした。カリカリとショーツの上から爪で引っかいたり、指の腹で押し潰したりする。

「あ、ああ……そこ……あ、あ……」

　気持ちがいい、と迂闊にもハッキリ思ってしまった。初めて男に触れられる肉芽はそれほどまでに淫靡（いんび）な愉悦を杏奈にもたらした。

「ここ、気持ちいいんだ？」

反応を見れば一目瞭然なのに、堂島はあえて口にする。そんな嗜虐的な台詞さえも、今の杏奈には淫らな刺激と混じり合って、身体を熱くさせてしまう。

「このままじゃ汚しちゃうから、下着脱ごうか」

　さも当然のように言いながら、堂島の手がスカートを脱がせ、ストッキングとショーツを一気に下ろした。片手で一瞬彼女の腰を浮かせるなどかなり手馴れている所作だけど、何もかも初めての杏奈には幸いにも分からない。

　いきなり下半身を丸出しにさせられて、杏奈はさすがに焦って身体を起こそうとしたけれど、堂島が脱がせた服をベッドサイドに置くついでに部屋の明かりを消してくれた。サイドテーブルのライトだけになり視界が不鮮明になったのはいいけれど、部屋の雰囲気も一気に妖しくなってしまった。

ついに一糸纏わぬ姿になって、杏奈はベッドの上で身を縮こませる。堂島も着ていたワイシャツとスラックスを脱ぎ捨てて、改めて彼女の太腿に手を伸ばした。

「大丈夫だよ、緊張しないで。もっと気持ち良くしてやるから」

優しく宥めてくれるような台詞に、ふっと身体に入っていた力が抜けた。けれど次の瞬間、信じられない光景に杏奈の心臓が止まりそうになる。

――う、ウソっ⁉

開かれた太腿の間に、顔をうずめられたのだ。まさかと思う間もなく、とんでもない場所に温かくぬめった舌の感触を感じた。

「だ、駄目！　駄目ぇっ！」

慌てて脚を閉じようとしたが、堂島の手がガッチリと太腿を摑んでいて動かせない。

――見られてる、舐められてる、信じらんないー！

世の中にそういった性行為があることは知っている。けれど、自分がよりによって堂島にされるなど、これっぽっちも思っていなかった。

死ぬほど恥ずかしくて逃げ出したいのに、与えられる淫靡極まりない悦楽が羞恥までも快感に変えていく。秘裂に沿ってゆっくりと動かされていた舌が段々と襞(ひだ)の奥へと侵入していき、卑猥(ひわい)な水音をたてる。じっくりと焦らすように割れ目を何度も舐めあげると、舌はやがて敏感な芽へと辿り着いた。

舌先を尖らせ突っつくようにそこを攻められると、高い嬌声と共に杏奈の足先が跳ねて宙を掻く。

「あっ、あっ、やあぁ……っ」

彼女の最も感じる場所を、堂島の舌が突き、しゃぶり、包皮ごと唇で包み込む。小さかった女の芽は赤い真珠のようにふっくらと充血し、いやらしく包皮から飛び出していた。

「……意外といやらしい身体してるんだな。処女なのにこんなに感じて」

「そんなこと言わないで……！」

自分の秘部がどうなっているか、お尻にまで伝う生温かい雫（しずく）の感触で分かっていた。初めてだというのに恋人でもない男に弄られて濡らしてしまっている。自分がこんなに慎みのない女だということもショックだけれど、それを堂島に知られてしまったのが恥ずかしくてつらい。

淫芽を舌で転がされながら蜜の溢れる入口に、クプ、と指を差し込まれた。愛撫のおかげで痛みは感じなかったが、第二関節まで指を入れられるとさすがに圧迫感を覚える。

「っ……、んぅ……」

「思ったより狭いな」

呟いてから堂島は隘路（あいろ）の浅い部分をしばらく指で馴染ませた。クチュクチュと蜜を掻き出すように抽挿を繰り返し、やがて指を二本に増やす。

「んっ、あっ、あっ」

　圧迫感は感じるものの段々とそれが苦痛ではなくなってきた。むしろ肉芽の刺激と合わさると、蜜がジワリと染みだしてくるほど気持ちがいい。指を二本とも奥までうずめられてもそれは変わらず、飢えるような疼きさえ湧き上がってきた。

「そろそろ大丈夫か」

　粘着質な水音をたてる蜜口から指を引き抜くと、堂島は一度ベッドから下りた。そしてサイドテーブルの引き出しをさぐって避妊具を取り出すと、自分の下着を下ろしてすっかり大きくなっている雄茎にそれを着ける。

「……なんだよ」

　ベッドに座り杏奈に背を向けていた堂島だったが、彼女がマジマジと後ろから覗き込んできたことに気付き表情を引きつらせた。

「す、すみません。なんか、つい」

　杏奈は慌てて顔を逸らせたけれど、堂島は肩をすくめて苦笑いを浮かべると彼女の腕を掴んで「見てもいいよ」と促した。

「いや、でも」

「これも勉強だろ。なんなら杏奈が着けてみる？」

　悪戯っぽい笑いを浮かべながら言われて、杏奈はフルフルと首を横に振る。確かに覚えた方がいいのかも知れないけど、今日はまだ初心者なので勘弁して欲しい。

けれど、視界からは堂島の大きく反り返った肉茎が消せなかった。

――お、男の人のものって、あんなに大きいんだ。

好奇心と恐怖がせめぎ合って、どうしても目が離せない。とても獰猛に見えるけれど、あまりに逞しすぎて人体の一部っぽさがないようにも思える。普段の形状がどんなものか分からないけれど、あんなに重量感のあるものを男性はみな備えているのかと考えると、なんだか不思議な気がした。

「不思議？」

あまりにも露骨に好奇心を示す杏奈に、堂島は眉尻を下げて笑いながら尋ねる。

「はい……男の人の身体って、なんだかすごいですね」

「でもこれがこれから杏奈の中に入るんだよ」

改めて宣言されて、杏奈はひそかにゴクリと唾を呑む。やっぱり自分はこれから彼とセックスをするんだという実感が、強く湧いてきてしまった。

肉体的な緊張もあるけれど、それ以上に彼との関係が変わりそうなことが怖い。こんな形で身体を結んでしまったあとで、自分たちはまた笑い合うことが出来るのだろうか。

そんな戸惑いを杏奈が感じていると、ふっと堂島に抱きしめられた。

「怖がらなくていいから。最初は少し痛いけど、すぐに良くなる」

まるで幼子を安心させるように、大きな手が優しく髪を撫でてくれた。その感触に不安や緊張がすっと流されていく。

——私、堂島さんの手好きだなあ……。

温かい手に心を委ねるように目を閉じれば、そっと唇にキスが落とされる。他に経験がないので比べようもないのだけど、まるで恋人がする甘いキスみたいだと、杏奈は心の隅っこで思った。

ゆっくりと身体を横たえられ、太腿にキスをされながら脚を開かされた。その間に堂島が身体を割り込ませてくる。

淫裂の中央にゴムに包まれた硬いものがふれた。それが蜜を纏わせるように何度か襞の間に擦りつけられる。

そして、「いくよ」と低く告げられたのを合図に、蜜口にグッと雄茎の先端が押し込まれた。

「いっ……あぁっ！」

「力、抜いて」

さっきの指とは比べ物にならない質量が、杏奈のうぶな入口を大きく広げていく。力を抜けと言われても、身体を裂かれるんじゃないかと思えるほどの恐怖に、全身が強張ってしまう。

「無理……！　こんなの入らない……っ」

涙目になってしまった杏奈の頬や鼻先に、堂島は慰めるようにキスを綴る。指先で優しく髪を梳き、頬を手の平で何度も撫でられると、ようやく杏奈の気持ちが落ち着いてきた。

「少しずつ入れるから」

堂島は腰を浅く動かして抽挿を繰り返す。浅いところが馴染んできた頃を見計らっては、また少し腰を押し進めてゆっくりと深さを増していった。

「堂島さんの……奥に入ってきてるよぉ……」

「ああ、もうすぐ全部入るよ」

時間をかけながら、堂島の剛直は全部杏奈の中にうずまった。根元までみっしり埋められ、ジンジンとする破瓜の痛みもあったけれど、同時に杏奈は不思議な充足感も得ていた。

「……どうだ？　処女を卒業した気分は」

汗で額に貼り付いた杏奈の前髪を捲りながら、堂島は穏やかに微笑んで言った。

「なんか、変な感じ……。堂島さんが私の中にいるなんて、不思議……」

頬を上気させぼんやりとしたまま素直な感想を述べれば、いつものように苦笑を零されたあと、唇にキスをされた。そのキスはやっぱりとても優しくて、愛おしさが籠もっていると思ってしまうのは杏奈の錯覚だろうか。

そのまま心地好いキスの余韻に浸っていたいけれど、堂島は「そろそろ動くぞ」と言って、ゆっくりと腰を揺すりだした。

「くっ……ん、んぅ……、んん……っ」

「息を詰めるな、余計に痛く感じるぞ」

不慣れな杏奈にひとつずつ教えながら、堂島は彼女の胎内を貪っていく。キスを与えたり胸を揉み込みながら先端の実を指で捏ねたり、破瓜の痛みを紛らわすようにしながら徐々に腰の動きを深めた。

「あっ、ああ……う、んっ……あっ」

やがて、唇を舐めながら胎内の奥をグッと突くと杏奈が甘い声を出すことに、堂島は気付いた。

「……処女のくせに、奥がいいんだ？」

サディスティックな声で囁かれると、耳孔が性感帯になったみたいにゾクゾクとする。その快感がふたりの結合部を潤し、抽挿はいっそう滑らかになっていった。

「あっ、あぁっ、うんんっ、ひ、あっ」

ヌチュヌチュと張った肉茎が出入りするたび、短い喘ぎ声が断続的にあがった。杏奈の肌は上気し、全身にうっすらと汗を掻いている。表情から緊張と痛みは消え、代わりに恍惚の色が浮かんでいた。

「……やらしいな。そんな顔するんだ」

乱れた表情を真上から見下ろされながらそんな台詞を言われて、杏奈はとっさに顔を背ける。

「やぁっ、見ないで……っ、あっ、あぁんっ」

けれど背けた顔を堂島の大きな手がそっと包み、正面へと戻す。射抜くほど強い眼差しが、杏奈を見つめている。

「……ああ、誰にも見せたくないな」

堂島の唇は確かにそう動いたけれど、その意味を理解する余裕は杏奈にはなかった。

次の瞬間、さらに大きく腿を開かされたかと思うと、堂島は激しく腰を打ち付けだした。

まるで感情が堰を切ったかのように、手加減なく肉杭を奥深くまで穿たれる。

「ああっ！　や、あっ、待って……ああぁっ！」

最奥を抉るように突かれて、杏奈の背が弓なりに反る。内腿が勝手にブルブルと震えだし、瞼の裏がチカチカとした。自分の中で彼の欲情が熱く昂ぶっているのを、生々しく感じてしまう。

まるで雄の形を教え込むように、硬い剛直が隘路を入口から最奥まで何度も往復していた。避妊具をしているというのに、ふたりの繋がった部分が溶け合ってしまったような錯覚がする。

「あっ、あぁ、ど、堂島さんっ……私……っ」

「イキそうか？」

「た……っ、たぶ、……んっ」

下腹に快感が集中し凝縮しているのを感じる。強烈な尿意にも似たそれは、今にも弾けそうだ。初めてだけど、きっとこれが『イク』ということだと、杏奈はシーツを握りしめながら本能で悟った。

怖ろしい気がしながらも、その瞬間を待ち構えていたら。

「ひぁあんっ⁉」

腰の動きを緩めないまま、堂島の指が杏奈の肉芽を摘んだ。強烈な刺激を同時に与えられ、快楽のキャパシティが一気にオーバーしてしまう。

「ひぁあっ！　だめぇ！　いやあっ、やああっ！」

冷たい電流が迸り全身が総毛立つ。理性は一瞬で吹き飛んで、自分が何を叫んでいるかも分からない。脚が何度も宙を掻き、胎内が無意識に雄茎をギュウギュウと締めつけた。

そして。

「あ、あああーっ‼」

ビクンッと大きく身体を跳ねさせて、杏奈は絶頂を迎えた。頭の中が真っ白になり、下肢がビクビクと波打つ。信じられないほどの快感の余韻はいつまでも消えず、堂島の雄を咥え込んだまま隘路が収斂を繰り返した。

あまりの脱力感に目も開けられなかった杏奈だけど、力の入らない腿を高く持ち上げられると、挿さったままの剛直がさらに激しさを増して抽挿を再開させ、嫌でも意識を引き戻された。

「やっ、待って……！　今、駄目……っ」

「悪いけど、俺も止められない。お前の中、熱くて良すぎる」

まだ達したばかりで過敏な肉壁を、容赦なく太い杭で擦られ突かれる。まるで奥の奥まで届いてるかと思うほど深くまで穿たれ、杏奈は全身を粟立てた。

「ひ、ぃ……んっ」

堂島の雄が激しく出入りする杏奈の蜜口からは、純潔の証の赤いものとしとどに溢れた淫露が混じり合いグジュグジュと音をたてている。うぶだった花弁はすっかり花開き赤く充血して、淫らに雄茎に絡む。

「杏奈……出すぞ」

堂島は彼女の腰をグッと抱き寄せると、自分の腰が密着するほど奥まで雄茎を届かせて、熱い精を吐き出した。

「ん、あぁっ……堂島、さ……っ」

避妊具越しでも出されたものの熱さと、ビクビクと肉茎が痙攣（けいれん）したのが伝わってくる。

それだけでも杏奈の隘路は快感を得てしまい、キュウッと締めつけてしまった。

搾り取られるような感触に、堂島がゾクリと背筋を震わせる。

「いやらしい女……」

苦笑交じりに呟かれたけれど、ようやく激しい愉悦から解放された杏奈は、力尽きるようにそのまま意識を失って言葉を返せなかった。

3　抱かれたあとに芽生えたものは

深くて短い眠りから目を覚ました杏奈の視界に最初に映ったものは、素肌のままの堂島の姿だった。

杏奈の隣で上半身だけ起こし、こちらに手を伸ばして繰り返し髪を撫でてくれている。

「……堂島……さん……？」

大きな手の感触があまりにも気持ち良くて、ついまた眠りに落ちそうになってしまう。けれど今がどういう状況だか思い出した杏奈は閉じかけていた瞼を開き、勢いよく身体を起こした。

「わわわ！　あの！　わ、私！」

呑気に寝てる場合ではない。自分は妙ななりゆきでこの上司と身体を結んでしまったのだ。しかも、キスもセックスも初めてだというのに。

「その、あの、す、すみませんでした」

自分でも何故謝ってるのか分からないほどに、杏奈は困惑していた。こんなとき、何を話してどんな顔をしていいか分からない。

せめてこれが恋人同士だったなら『素敵だったわ』などと甘い感想のひとつでも吐くべきなのだろうけど、あいにくこれは〝協力〟の名のもとにおける愛情のないセックスだ。強いて言うなら『ありがとうございます』とか『お疲れ様でした』とでも言うべきだろうか。

そんなことを考えて杏奈がアタフタとしていると。

「飛び起きたと思ったら、いきなり謝るとか。寝ぼけてるのか？」

クスクスと可笑しそうに眉尻を下げて堂島が笑った。

「身体、つらくないか？」

堂島は穏やかに微笑むと、再び杏奈に手を伸ばして髪を撫でてくる。その顔が、しぐさが、あまりに優しすぎて、しばしポーッと見惚れてしまった。

「だい……じょうぶ、です……」

「なら良かった」

安心したように目を細めると、堂島はベッドから下りて立ち上がった。そして「何か飲むか？」と尋ねながら部屋の隅にある小型の冷蔵庫まで歩いていく。

杏奈はそれに「じゃあ、お水を」と答えかけて、慌てて彼から視線を背けた。悠々と部屋を歩く後ろ姿は、一糸纏わぬすっぽんぽんだ。引きしまったお尻が網膜に焼き付いてしまい、ぼんやりしていた頭が一気に覚醒する。

「これでいい?」

戻ってきた堂島がペットボトルの水を渡そうとすると、杏奈は不自然に顔を背けたまま、ぎこちなく「どうも」と受け取った。さらにはベッドに座りなおした彼から、露骨に距離をとろうと隅っこへジリジリと身を寄せる。

「……なんで逃げるんだ?」

不審そうな眼差しを向けた堂島が尋ねると、杏奈は一生懸命アッパーシーツで自分の身体を隠そうとしながら顔を背けたまま答えた。

「だ、だって。裸じゃないですか、ふたりとも。め、目のやり場に困るっていうか」

「は? お前さっき俺のアレ、まじまじと見てたじゃないか」

「あのときはその、真っ最中だったし……。なんか、終わって冷静になってから裸の方が恥ずかしいじゃないですか」

必死な彼女の弁明を聞いて、ついに堂島がブハッと笑い出した。

口元を押さえながらクックッと肩を震わせる彼に、杏奈はさらに顔を赤く染めて怒る。

「笑わないでくださいよ! しょうがないじゃないですか、初めてなんだから。こういうとき、どうしたらいいか分からないんです!」

素直に訴えると、堂島の腕が伸びてきて杏奈の肩を抱いた。そしてそのしなやかな身体を、強引に自分の胸板に引き寄せる。素肌の逞しい胸の感触に、杏奈の心臓が痛いほど高鳴った。

「甘えればいいんじゃないか」

顔を近づけられて囁かれた声は、低くて甘い。それだけで胸は騒ぐし、さっき散々可愛がられた身体は熱を持ってしまう。

杏奈はドキドキと暴れる自分の胸に冷静になれと必死に言い聞かせながら、間近の顔を見つめ返した。

「こ……これも、常務をおとすための練習、ですよね……？」

いちいちときめいてはいけない、これは〝協力〟なんだから。このまま身も心も委ねて幸福に溺れたくなってしまう想いを、必死に抑えつけて言葉を発した。

それを聞いた堂島の表情が、ふと変わる。悪戯っぽさと得も言われぬ優しさを含んだ笑顔は消え、代わりにどこか冷めた笑みを浮かべた。

「……そうだよ。こうやって男の胸にしなだれかかって甘えるフリを覚えておけ」

低く言われると同時に手首を掴まれ、強引に彼の下肢の間にふれさせられる。杏奈は驚いて手を引こうとしたけれど、掴んだ手は放してもらえなかった。

「な、何するんですか？」

目を白黒させるほど動揺しても、堂島は冷ややかなほど冷静に返す。その声にさっきまでの甘さは含まれていない気がした。

「一回で終わってどうするんだ。常務を骨抜きにしてやりたいんだろう？　だったら事後もこうやって自分から誘惑して、何回でも抱かれろ」

雄茎に触れる杏奈の手に、堂島の手が重ねられる。そのまま棒状の形を握らされ、上下に扱くよう手を動かされた。

「えっ、あ、あの。わ、わ、わ」

男のものなど見たのだって今日が初めてだというのに、こんな卑猥なことをさせられて杏奈は完全に気を動転させた。通常状態だった棒状のモノが、やがて手の中で硬さと体積を増していくのを生々しく感じる。

「ど、堂島さん、あの……」

眉尻を下げながら彼の顔を見上げると、ハァっと切なげな息を吐かれたあと、片手で顎を摑まれた。

「咥えろ」

「え？」

目を見ながら言われた命令に、杏奈はきょとんとしてしまう。本気で意味が分からなかったが、顎を摑んでいる彼の指がなまめかしく唇を開かせたとき、ようやく何を咥えろと言われたのか理解出来た。

「それって……フェ……フェ……」

「色仕掛けをするなら必須だろ。これが上手いと男はおちやすいぞ」

口元を歪めて笑う堂島は、なんだかいつもと別人みたいだ。〝協力〟だとは分かっていても、不安で泣きたくなってしまう。

けれど、確かに彼の言う通り、これは色仕掛けには欠かせない行為だ。怯んでいる場合じゃないと、自分を叱咤する。

「わ……分かりました……やらせてください」

不安と緊張で声が震えてしまったかもしれない。けれど意を決して杏奈は彼に向き直ると、ギュッと目を閉じてから顔を下腹部へ沈めていった。

ところが。

「嘘だよ」

脚の間にうずめようとした杏奈の顔を、堂島の手が止めた。目をしばたたかせながら顔をあげると、困ったように笑う彼がこちらを見ている。

「ちょっとからかっただけだ。初めてなのに、こんなことまでしなくていいよ」

――いつもの堂島さんの顔だ……。

そう思ったとたん、ホーッと身体の緊張が抜けていく。

「なんだ、もう。びっくりしたあ。堂島さん、真面目に言うんだもん。本気にしちゃいましたよ」

「まあ、覚えた方がいいのは本当だけどな。でも今日はやめとこう。杏奈、疲れてるだろ」

大きな手でポンポンと杏奈の頭を撫でてから、堂島はベッドから下りて軽く伸びをした。

そして完全にいつもの彼の雰囲気に戻って言う。

「どうする？　今、十一時前だけど、泊まっていく？　帰るなら送っていくけど」

「えっと……今夜は帰ろう、かな」

このまま彼のベッドで彼の懐に寄り添って寝られたら幸せだなと、一瞬甘い希望が湧いてしまう。けれどよく考えたら何も宿泊の準備をしていないし、甘い心地に酔っていい立場でもないのだと思い直した。

「分かった」

杏奈に頷いてから、堂島はサイドテーブルに置いていた服を着始めた。

＊　＊　＊

馴染みの居酒屋〈もぎり〉を間に挟む形で、杏奈と堂島の家は約二キロほど離れている。徒歩でも帰れる距離だけれど、今日は堂島がわざわざタクシーを呼んでアパートの前まで送ってくれた。

杏奈は最初遠慮したけれど、立って数歩歩いてみたら下肢の奥が思った以上にズキズキとしたので、タクシーで正解だと思った。自分が世話になったのだからと払おうとしたタクシー代も受け取ってはもらえず、それどころか別れ際に「おやすみ」と甘いキスを与えられてしまう始末だ。

恋人みたいな別れのキスに杏奈がボーゼンとしていると、「これも練習だろ、慣れろ」と苦笑を零された。

去っていくタクシーを見送りながら杏奈の胸はまた苦しくなる。部屋に戻ってもなんだか何もする気がおきず、そのままベッドへ寝転んでしまった。

見慣れた１ＤＫの天井。壁紙と同じ安っぽい白い色は、杏奈の好きなトラディショナルのインテリアにあまりマッチしていない。

――私……堂島さんと寝ちゃった……。

部屋の置き時計の秒針が何周回ろうとも、頭に浮かんでくることはそれだけだ。

思い返してみても実感が湧かず、自分の処女を奪った男の姿と、上司であるいつもの堂島の姿とが上手く嚙み合わない。目を閉じて深く呼吸をしてみると、少しだけ彼の匂いや肌の感触を思い出せた気がした。

明日になったら彼はどんな顔をして「おはよう」の挨拶をするのだろう。身体を重ねてしまっても、何も変わらない上司の顔をするのだろうか。

彼がふれた場所を指でそっと辿ってみれば、心臓が心地好くトクトクと高鳴る。

杏奈は困ってしまった。堂島と〝協力〟などという名目で寝てしまったことが、果たして自分と彼にとってプラスになるのか分からなくて。

彼の協力によって〝復讐〟への道のりは一歩進んだはずだ。けれど、それが素直に喜べないほどに、杏奈は堂島とのこれからばかり考えてしまっていた。

＊　＊　＊

「おはよう、辻」

「お、オハヨウゴザイマス」

翌朝。堂島は杏奈の想像以上に普通だった。フロアの入口で顔を合わせると、昨日までと何ひとつ変わらない調子で挨拶をしてくる。ぎこちないロボットみたいになっているのは、杏奈だけだ。

改めて朝の光の下で彼の端正な顔を見ると、『私、このひとに抱かれたんだなあ』などとつくづく思ってしまい、頭が勝手に熱くなった。

沸騰しそうな頭を抱えギクシャクとした動きで席に着く。いかん、落ち着けと自分に言い聞かせていると鞄の中のスマホがＬＩＮＥの着信音を鳴らせた。

――『おはよう。身体、大丈夫か？』

メッセージを開いた瞬間、心臓が口から飛び出すほど驚いて杏奈は「んぐっ」と変な声を出してしまった。すぐさま口を手で押さえ、誰にも気付かれなかったかと辺りをキョロキョロと見回す。

そしてスマホを握りしめたまま席を立つと、そのままバタバタとトイレへ駆け込んだ。

――な、なんで朝のオフィスでこんなメッセージ送ってくるかなあ！　しかも目の前にいるのに！

トイレの個室に入ると、杏奈は手の中のスマホに向かって口パクでそう怒鳴った。加速してしまった鼓動がなかなか治まらず、冷静になれない。

そうして深呼吸を何度か繰り返してから、改めて堂島のメッセージに目を落とす。

――なにこれ……すごく嬉しい……。

短いメッセージを読み返すたび、胸がじんわりと熱くなった。口角が勝手に上がりそうになるほど嬉しいのに、どうしてか泣きたくなるような気分でもあるのが、自分でも不思議だ。

朝、顔を合わせたとき彼はどんな顔をするだろうと思うと、ゆうべはなかなか寝付けなかった。もしかしたら勢いで部下と関係を持ってしまって後悔してるかもしれない、〝復讐〟のために本当に男と寝た杏奈のことを軽蔑してるかもしれない。そう考えると不安で不安で朝が怖かった。

けれど顔を合わせた彼はいつも通りで、安心すると共に少し拍子抜けしたところに、これである。

昨日のことを〝無かったこと〟にはされなかった。避けるでも軽蔑するでもなく、心配してくれた。

そんなことが自分でも不思議なぐらい、嬉しい。

『おはようございます。まだちょっとだけ痛いけど、身体は元気ですよ！』

なんて返事をしようか迷った挙げ句、結局無難な言葉しか打てず、メッセージのあとに可愛いスタンプを付けて送信する。

それからすぐに返ってきた『良かった』のメッセージを見てから、杏奈はニヤけてしまう顔を必死に抑えながら、フロアへと戻った。

＊　＊　＊

「杏奈、今日機嫌いいね」

仲の良い同僚にそう指摘されたのは昼休み、ランチに出たカフェでのことである。

杏奈の向かいの席に座って卵のムースを口に運ぶのは、〈ファニチャースマイル〉の総務部に所属する同期の相楽萌衣（さがらもえ）だ。どこか抜けている杏奈と対照的で冷静沈着なタイプだけど、やけにウマが合う。

「そ、そう？　そんなことないよお。あははは。あ、この塩麹つくね美味しいから一個あげるね！」

「あ、杏奈、袖！　グラスのストロー引っかかってる、零すよ！」

「わわわっ……と」

杏奈は馬鹿正直だ。隠し事がまったく出来ない。嬉しければ顔どころか言動にも出てしまうし、落ち込めば周囲に暗いオーラが漂う。そして、それを指摘されればあからさまなほど慌てるものだから、彼女の考えてることはいつでもオープンだ。さすがにその内容までは、本人の口から聞かなければ分からないけれど。

「訂正する。機嫌いいどころじゃないね、浮かれてる。何があったの？」

「べ、別に。何もないよ。あーそうそう、さっき担当先でいい家具見せてもらってさあ。だからかな〜。北欧モダンでウォールナットの木目がイイ感じのスツールで」

「杏奈」

杏奈の下手なごまかしなどバレバレだ。萌衣のクールな眼差しが責めるようにじっと浴びせられる。

いっそ、言えてしまえたら楽だと思う。初めて男に抱かれて、しかも相手が堂島だということ。嫌だったどころか、優しくされると嬉しくて胸が苦しくなること。今日もなんだか彼を意識してしまって、ずっとドキドキソワソワしてること。いっそ全部、ぶちまけたい。

　けれど、堂島との関係は普通じゃない。〝復讐〟の〝協力〟として、身体を重ねただけなのだ。

〝復讐〟のことは萌衣にも話したことはないし、ましてやそのために処女を捨てたなどと言ったら、きっと軽蔑されるだろう。

「う、うぅ……」

「私には言えないの？」

　アイスティーの氷をカラカラとかき混ぜながらこちらを向く萌衣の視線が突き刺さる。

　杏奈は脳みそがショートするかと思うほど思考を巡らせると、迷いに迷ってから口を開いた。

「あ、あのね、萌衣。私……私、実は……しょ、処女捨てたんだ！」

　親友の萌衣にとっても、それは突拍子もなさすぎる激白だったのだろう。普段は落ち着き払っている彼女が、口に含んだアイスティーをゴフッと吹き出しそうになった。ゲホゲホと激しくむせこみながら「ど、どういうこと？」と尋ね返す。

「ごめん、詳しくは言えない！　でも、そのせいで私、今日確かに浮かれてる！　その人が視界に入るたびになんだかソワソワしちゃって、浮き足立ってる！」

「ああ、てことは相手は社内の人なんだ」

「どうして分かったの⁉」

テーブルに前のめりになって驚く杏奈の姿を見ながら、萌衣はこの友人は本当に隠し事が出来ないのだなと改めて感心した。

「そんなに視界に入ってくるってことは、社内の人間以外にいないでしょうが」

「ああ、そっか……」

あっさりと秘密がひとつ露見してしまったことに、杏奈は呆然とする。自分が正直すぎるのか、友人が鋭いのかは悩ましいところだ。

「要は、彼氏が出来てようやく脱処女が出来たから浮かれてる訳だ。おめでとう」

カチンとドリンクのグラスを合わせる萌衣に、杏奈は複雑な表情を浮かべて首を横に振った。

「えーと、えーと、彼氏……じゃないの。あの、なんというか」

「は？　まさかセフレなの？」

「違う！　そんなんじゃない！」

ついムキになって反論してしまったが、自分と堂島の関係はセフレよりもっと情のないものかも知れないと考えてしまった。

心が欲しい訳でも、身体が目的な訳でもない。ただ男と女の『あのこと』について、手ほどきを受けるだけの関係……。そう思うと浮かれていた杏奈の心はシオシオと萎れていく。

情けない表情になって杏奈が俯いてしまったのを見て、萌衣はこれ以上追及するのをひとまずやめた。

「よく分かんないけど、変な男との変な関係に夢中になるのはやめなよ。ちゃんと自分を大切にしなね」

しょんぼりとテーブルの上のランチプレートを見つめながら、杏奈は友人のアドバイスに頭の中だけで返事をする。

――変な男じゃないもん。堂島さんだもん。それに、恋人じゃなくったって、堂島さんは私を大切にしてくれたもん。今朝だって、ゆうべだって。

ふいに、ゆうべの優しい手や愛撫を思い出してしまって、杏奈は顔を突然真っ赤にさせた。それを見て向かいの席の萌衣は呆れたような苦笑を浮かべた。

ランチを食べ終えたふたりは、いつものようにお喋りしながら歩いて会社まで帰る。すると、車道を一台の高級車が杏奈たちと同じ方角へ走って行った。

「あー、あれ常務だ」

「え？」

車を目で追っていた萌衣の何気ない呟きを聞き、驚いて彼女の視線の先を追う。

「ほら、あのアウディのどでかいサルーン車。あれ常務の社用車でしょ」

風格を感じさせるボディラインと艶を持った車の後部座席には、確かに常務らしき人物の後ろ姿が見えた。とたんに杏奈の腹の奥にメラメラと復讐の炎が燃える。

けれど、友人の復讐事情など知らない萌衣は去っていく車を眺めながら、呑気に話を続けた。

「さすが次期社長、社用車もリッチだねー。イケメンでお金持ちで次期社長だなんて、ここまでハイスペックな男もそうそういないよね。まあ、女遊びは激しいらしいけど」

萌衣がポロリと零した有益な情報に、杏奈は目をまん丸くして喰い付く。

「常務って女遊び激しいの？」

「うん、とっかえひっかえって噂だよ。あれだけのハイスペックなら言い寄ってくる女は絶えないだろうしね。相当な遊び人なんじゃない」

よし！　と、心の中で杏奈はガッツポーズした。常務が女好きなら、色仕掛け作戦は成功する確率が高い。あとは彼に近付くチャンスを窺うだけだ。

「ねえ、常務ってどんな女の人が好みなのかなあ。やっぱエレガント系とかコンサバかな。それともキャバ嬢みたいな派手なのとか、案外清純系とか好みなのかな？」

「……あんた、常務に興味あるの？」

さっきまで処女を捧げた相手に浮かれていると言っていた友人が、まるで肉食女子のように常務の情報に興味津々になるとは、訝しい。萌衣は思わず顔をしかめてしまう。

そんな彼女の表情に気付いた杏奈は慌てて取り繕おうとするが、やはり狡猾には出来ない。

「いやー、あははは。別にそんなんじゃないけどさあ。自分の会社の役員のことぐらい、少しは知っておこうかなーと思って」

「何それ。役員の女の趣味なんか知ってどーするのよ。そもそも私がそんなこと知ってる訳ないでしょ」

「あはは〜、そうだよね。あはは……あっ大変。そろそろ昼休み終わっちゃうよ、急ご！」

実に下手くそな誤魔化し方で、杏奈は早足で会社へと向かった。その間、ずっと萌衣の怪しむ視線を受け続けていたのは、言うまでもない。

＊　＊　＊

——……洞木実千雄、一九八二年生まれということは……三十五歳か。

社に戻ってきた杏奈は、過去の社内報のデータを引っ張り出して閲覧していた。そこには役員の一覧と、簡単なプロフィールが記載されている。

けれど残念ながら彼女の欲しいような情報は当然書かれていない。

「やっぱ駄目かあ……」

パソコンのウィンドウを閉じながら、ため息をひとつ吐く。どんなに色仕掛けの練習をしたところで、相手の懐に潜り込む手段がなければ意味がない。

――もっと有益な情報、どっかに落ちてないかなあ。どんなお店で飲んでるとか、どこでどういう女を口説いてるとか、どんな女にメロメロになるかとか。

自分のデスクで杏奈が頭を悩ませていると、総務部の社員が社内郵便を届けにフロアに入ってきた。自分に配布された封筒に目を通していると、何やら堂島のデスクに人が集まっているのが見えた。

「これって〈アーバニタ・J〉の招待状ですか？　すごーい」

「うわーグランドベイホテルだって。いいなあ、一度でいいからそんなパーティー行ってみたい」

何やら華やかそうな話題に、杏奈も気になってそっと輪に加わる。

部下たちに囲まれている堂島の手には、金の縁取りがついたゴージャスな封筒とカード。どうやら取引先である〈アーバニタ・J〉からのパーティーの招待状のようである。

〈アーバニタ・J〉は世界でもトップクラスのラグジュアリーインテリアブランドだ。十八世紀創立という長い歴史を持ち、常に時代を牽引(けんいん)してきたインテリア界のカリスマ的存在である。世界中の有名デザイナーとコラボレーションして続々と新作を発表したり、過去の名作を復刻させたりと、知名度、実績ともに文句なしの超一流ブランドだ。

　そんな〈アーバニタ・J〉が日本人デザイナーとコラボレーションをして新シリーズを立ち上げるという話は、この業界の端くれにいる者として杏奈も耳にしていた。どうやら今回のパーティーはその正式発表を兼ねたものらしい。〈ファニチャースマイル〉でも主にプロデュース事業部の方で〈アーバニタ・J〉の品物は扱っているので、取引先として招待状が来たのだろう。しかし。

「こんだけ世界的に有名なブランドだと、普通は社長とか取締役が招待されるもんじゃないんですか？」

　ひとりの社員がふと零した疑問に、そこにいた者たちも「そういえば」と同意する。皆に不思議そうな目を向けられながらも堂島は招待状を封筒にしまって、冷静に答えた。

「社長たちにももちろん招待状は行ってるだろ。俺は取引であっちの担当者と顔を合わせたことがあるから、ついでに送られてきただけだよ」

「ああ、なるほど」

　堂島の言い分に、納得の声があがった。担当者と直接顔見知りだというなら、部長ではなくチーフの堂島に招待状が来たのも分からなくはない。

「ほら、そんなことより仕事に戻れ」

パーティーの話題を締められて、集まっていた社員たちは「はーい」とそれぞれのデスクへと戻っていく。杏奈も大人しく席に着いたが、頭の中では良からぬ思い付きが渦巻いていた。


それから数十分後。

「堂島さん！」

堂島が休憩を取ろうと廊下に出ていったのを、杏奈はすかさず追いかけて声をかけた。

リフレッシュスペースでコーヒーを買っていた堂島が、「なんだ、辻。どうした？」といつもと変わらない落ち着きで答えながら、自動販売機にもう一度小銭を入れる。

「あの、さっきの〈アーバニタ・J〉のパーティーのことで、相談が……」

そう言いながら近付いてきた杏奈に、堂島はもう一本買ったコーヒーを当然のように差し出した。

「あ……ありがとうございます」

素直に受け取りながら、またしても頬が熱くなってしまう。元々気遣いの上手い人だったけど、こんなにナチュラルに優しくされてしまうと、なんだか自分が特別扱いを受けているように錯覚してしまう。

「で、パーティーがどうかしたか？」

缶コーヒーのプルトップを開けながら、堂島はハイテーブルに肘をついて杏奈の方に向き直った。

「えーっとですね、その……」

もらったコーヒーを両手で握りしめながら、杏奈は辺りをキョロキョロと見回す。近くに人がいないことを確認すると、堂島の正面に立って告げた。

「あの……〈アーバニタ・J〉のパーティー、私も連れて行ってもらっちゃ駄目ですか?」

「え?」

突拍子もない杏奈の申し出に、堂島は目を瞬かせた。けれど、彼女がさらに言葉を続けようとする前に、「仕方ないなあ、お前は」と眉尻を下げ目元を和らげた。その意外な反応に驚いてしまったのは、杏奈の方である。

「〈アーバニタ・J〉のパーティーなら世界中の一流デザイナーや巨匠が集まるもんな。家具大好きの辻なら行きたいに決まってるよな」

「え、えと……は、はい」

楽しそうな笑いを浮かべる堂島の言葉に、杏奈は返事をためらう。なんだか言いにくくなってしまった、本当の目的を。

〈アーバニタ・J〉のパーティーなら、社長や常務も来る可能性が大きい。色仕掛けを計画する杏奈にとって、絶好の情報収集のチャンスだと思ったのだ。女好きの常務ならパーティーの賑やかさに乗じて女性を口説く可能性がある。その場面を目撃出来るかもしれないし、いっそこの機会に彼と顔を合わせて接点を作っておくのも有益だ。上手くいけば連絡先の交換ぐらい出来るかも……。

そんな〝復讐〟への野心満々で、パーティーへの参加をお願いしてみたのだ。なのに、屈託なく「家具にかける情熱だけは、辻は誰にも負けないよな」などと優しく微笑まれてしまっては、本当の理由を口にしづらくなってしまう。

けれど堂島の言う通り、家具好きの杏奈にとってこのパーティーが魅力的であることも間違いない。

――まあ、いっか。それも嘘じゃないし。

楽観的な杏奈はそう思い直すとニッコリと微笑み「お願いします」と堂島に頭を下げた。

「分かったよ。まあ、パーティーに男ひとりで行くのも味気ないしな。けど、他のやつには言うなよ」

「分かってます。やったあ、これだから堂島さん大好き」

いつだって困ったように笑いながらも、なんだかんだと杏奈のワガママを受け入れてくれる彼を、本当に好きだと思う。それは上司に対する敬愛だと思ってきたけど、胸がドキドキと疼くのを感じて、杏奈は自分の中の感情の正体が分かってきたような気がした。

コーヒーを飲み干した堂島が、缶をゴミ箱に捨てながら杏奈を振り返って尋ねた。

「そういえばお前、パーティードレスとか持ってるのか？」

「ど、ドレスですか？」

急に現実的な問題に直面して、杏奈は目をパチパチとしばたたかせる。

「スーツじゃ……駄目でしょうか？」

「駄目じゃないけど、お祝いに行くんだから華やかな方が先方も喜ぶだろ」

困ったと思いながら、杏奈は必死に自分のワードローブの記憶を引っ張り出す。去年、友人の結婚式に着ていったドレスは従姉に借りたものだった。その前に親戚の披露宴に参加したときのものも、確かレンタルだ。

つまり、現状パーティーに相応しい服を一着も持っていない事実に、杏奈は表情をこわばらせる。

――し、仕方ない。これも〝復讐〟のためだもん。ドレスの一枚や二枚新調したって、痛くも痒くもない！

心の中で強がってはみたものの、よく考えてみたら行くのはラグジュアリーブランドのパーティーだ。半端な恰好で行く訳にはいかない。靴やバッグも揃えることを考えると、次のボーナスがキレイさっぱりなくなるぐらいの覚悟は必要だ。

――うぐぐ……。痛くも痒くもあるけど仕方ない……。夏休みどこにも行けなくなるけど、しばらく食卓が寂しくなるけど、新しい家具しばらく買えなくなるけど……し、仕方ないっ。

そんな苦渋の決断をしている杏奈に、堂島が少し考えるそぶりを見せてから声をかけた。

「辻、今週の日曜日空いてる？」

「え？　は、はあ。空いてますけど」

「じゃあ午後からちょっと付き合ってくれ」

いきなり休日の呼び出しを受けて、杏奈は承諾しながらも小首を傾げる。なんの用事か尋ねようとすると、堂島は「一時に迎えに行く」と周囲に聞こえない小声で告げてから、商品部のフロアへと戻っていってしまった。

――なんだろ、わざわざ日曜日に用事だなんて。……もしかして、また〝協力〟するとか……？

いろいろ考えあぐねて、杏奈はひとりで顔を赤くした。気持ちを落ち着かせるために、さっきもらったコーヒーを飲もうとプルトップに手をかける。すると、そこで初めて自分のコーヒーがカフェオレだと気付いた。

さっき堂島が飲んでいたものは、同じメーカーのブラックだった。杏奈にカフェオレを買ったのは、きっと杏奈が大の甘党だと知っているから。

そんなささやかな特別扱いが嬉しくて、杏奈の胸はまたキュウッと苦しくなる。

――今度の日曜日……〝協力〟だと、ちょっと嬉しいかも……。

うっかりそんなことを考えてしまって、慌てて頭を振る。処女を捨てたばかりなのに、これじゃまるで淫乱だ。

けれど。彼の大きな手で身体中を優しく撫でられたいと思ってしまう気持ちは、甘いコーヒーを飲んでもなかなか収めることは出来なかった。

4　この関係をなんて呼ぼう

日曜日。

アパートの前で待つ杏奈を迎えに来たのは、真っ赤な車体が美しいアルファロメオのスポーツクーぺに乗った堂島だった。

「ボディが低いからちょっと乗りにくくて悪いんだけど」

そう言いながら助手席のドアを開けてくれた堂島に、生まれてこの方スポーツカーにも高級車にも左ハンドルにも乗ったことのない杏奈は思いっきり萎縮してしまう。

「ど、堂島さん、車持ってたんですね。しかもこんなすごいの……」

「あれ、言わなかったたっけ」

「今日初めて知った衝撃の事実です」

身体を屈ませながらスカートが捲れないように乗り込めば、本革のシート越しにワイルドなエンジン音が身体に響いた。

「堂島さんがスポーツカーってちょっと意外……」

どちらかといえば穏やかなタイプに分類されるだろう彼の思いがけない嗜好に、つい呟きを零せば。

「手の掛かるじゃじゃ馬を可愛がるのが好きなんでね」

車を出発させながら、堂島はどこか可笑しそうにそう答えた。

行き先を聞いても「すぐに着くから」と教えてもらえないまま、車で走ること三十分。到着したのは銀座のブランドアパレルショップだった。

堂島について店の中に入れば、高い天井に煌びやかなシャンデリアが輝く店内には、杏奈のお給料では到底手が届かないであろうワンピースやスーツ、フォーマルドレスが眩く並んでいる。

「ど、堂島さん。ここはいったい……」

ハイブランドの服飾品に囲まれ羨望と畏怖の混じった瞳でキョロキョロとする杏奈に構わず、堂島はズンズンと店の奥に進んでいく。そしてカウンターにいた女性店員に軽く手をあげて声をかけた。

「どうも、今日はお願いします」

「堂島様、お待ちしておりました。こちらこそ、よろしくお願いいたします」

三十代ぐらいに見えるエレガントな雰囲気漂う女性は、堂島に向かって恭しく頭を下げた。そして杏奈に向かって名刺を差し出し一礼する。

「店長の槙原です。本日は私がドレス選びのお手伝いをさせて頂きます」

「へ？」

何がなんだかさっぱり分からず堂島の方を振り返ると、彼はニコニコとしながら「いいドレス選んで来いよ」と他人事のようにひらひらと手を振った。

——ま、まさか、パーティー用のドレスを選ばせるためにここに来たの⁉

彼の意図にようやく気付き、杏奈は顔を青ざめさせる。奮発したドレスを買う覚悟ではいたけれど、さすがにこの店はハイブランドすぎて予算オーバーだ。下手をすれば冬のボーナスまで危うくなってくる。

「あの、私ちょっと無理……」

弱気に震える声で訴えたけれど、槙原に「さあ、こちらへ」と強引に案内され、堂島にはニコニコと手を振って見送られ、杏奈は否応なしに試着室へと連れて行かれた。

試着室と呼ぶには広すぎるほどの部屋で、槙原は鏡の前に立つ杏奈の身体に次々と色々なドレスを合わせていった。

「うーん、やっぱり堂島さんが仰った通り、ピンク系が一番お似合いですね」

ボーゼンとされるがままになっていた杏奈だったけれど、その言葉にふと現状の不思議さを思い出した。

「あの……店長さんは堂島さんと知り合いなんですか？」

いきなり女性向けのアパレルブランド店に来て、店長とツーカーで通じる会話をした堂島は何者なのだろう。それが実に不思議で素直に尋ねれば、槙原は品の良い笑顔を浮かべて答えた。

「堂島様は昔からのお得意様ですから。雄基様のお母様がうちの商品を気に入ってくださって、ご贔屓にして頂いてるんです」

――お母さんがこんなハイブランドのお得意様だなんて、堂島さんのおうちってお金持ちだったんだ……。

彼との付き合いももう足かけ四年になるけれど、そういえば実家や家族の話を聞いたことがない。飲みに行っても自分のことを喋るのはいつも杏奈ばかりで、堂島がプライベートを話したことはなかった。

考えてみたら今日の車だって相当な値が張りそうだし、メンテナンスに掛かるお金も並じゃなさそうだ。それに彼のマンションだって賃貸だとしてもかなりの高級住宅だし、家具だって一流のイタリアンモダンで統一されていた。

いくら〈ファニチャースマイル〉の商品部チーフとはいえ、お給料だけでそれらを賄うのは無理がある気がする。

――堂島さんって、もしかしてものすごいボンボン？

今まで知らなかった彼の新しい一面を知って、杏奈は少しだけ複雑な思いに襲われる。

居酒屋で向かい合ってビールが飲めるような気軽な関係が好きだったのに、あまりに住む世界が違うとなんだか堂島を遠くに感じてしまう。

——もしかして堂島さん、今まで無理して私に合わせてくれてたのかな……。

そんなことを考えてわずかに顔を曇らせると、気を遣ったのか槙原が明るく声をかけてきた。

「今日は堂島様から『特別な女性を連れていくから、とびきりのドレスを選んでやって欲しい』って承っているんですよ。ですから、私も辻様の美しさが映えるドレスを精一杯選ばせて頂きますから、どうぞ辻様もどんな色や形がいいか遠慮なく仰ってくださいね」

槙原が口にした『特別な女性』という言葉に、杏奈は胸を大きく高鳴らせてしまう。自分たちの関係はただの上司と部下のはずなのに、どういうことだろう。

けれど、それはさておき槙原の話自体は困ったもので、杏奈は眉根を寄せながら申し訳なさそうに振り向いて言った。

「あの……今さらで大変申し訳ないんですが……、せっかく素敵なドレスを選んでもらっても、私、お金がないんです……。すみません、私は堂島さんと違ってただのしがないOLだから、その……このお店のものはとても手が届かないっていうか……」

言いづらそうにモゴモゴと謝罪すると、槙原は「あら、まあ」と楽しそうに言ってから満面の笑みを見せた。

「本日のお買いものはすべて堂島様からのプレゼントと伺っていますよ。辻様に一番似合うものを贈りたい、と」

「え……えええええ⁉」

あまりに衝撃的な話に、杏奈は目をまん丸くして叫んでしまった。そして試着室から勢いよく飛び出すと、サロンスペースでコーヒーを飲んでいた堂島の前まで駆けていく。

「どうした？　いいドレスあったか？」

ソファーから杏奈を見上げ悠々と尋ねる堂島に、喰ってかからん勢いで逆に尋ね返した。

「堂島さん！　ぷ、プレゼントってどういうことですか⁉　私、こんな高いドレスなんか受け取れませんよ！」

杏奈の剣幕は激しかったけれど、堂島は特に動じない。

「気にするな、部下の管理も上司の仕事だ。お前を連れて歩く立場上、俺にはお前のドレスを選ぶ権利があると思うけど？」

「けど！　いくらなんでも限度がありますよ！　こんなの経費で落ちる訳ないんだから、堂島さんのポケットマネーじゃないですか！　部下のドレス代に何十万も払う上司がどこにいるんですか！」

「ここにいるけど」

「子供か！」

杏奈は真剣そのものだというのに、堂島はのらりくらりとかわして、あげくの果てにはケラケラと笑っている。

けれど、杏奈が是が非でも受け取れませんという顔をしているので、堂島は腕を組みしばらく考えてから顔を上げた。

「ああ、そうだ。じゃあ杏奈には頼みごとをしようかな」

「頼みごと……ですか？」

「そう。結構困ってることだし、お前にしか出来ないことだ。だからそれと引き換えに、ってことでどうだ？」

杏奈はしばらく考えてしまったが、「期間も結構長くて……そうだな、半年以上掛かるかも」と堂島が言ったのを聞いて、ようやく首を縦に振った。頼みごとの内容は分からないけれど、たとえ軽い雑用だとしても半年といったら結構な時間を費やすことになる。アルバイトと考えて時給換算すれば、相当に値するかもしれない。

「それなら……まあ」

快諾、とまではいかないが条件を呑んだ杏奈は、「じゃあ決まり。ドレスの試着行っておいで」と再び笑顔の堂島に見送られて、試着室へと戻っていった。

そうして一時間後。槙原の渾身のプロデュースにより杏奈は、大胆に肩の出たローズピンクのイブニングドレスに、ピンクダイヤを中心にラインストーンをあしらった華やかなビブネックレスとおそろいのイヤリング、それからエナメルパンプスとビジューのついた愛らしいパーティーバッグまで、華やかにトータルコーディネートされた。

　試着室から出てきた杏奈を見て、堂島は実に満足そうに目を細める。

「悪くないな、馬子にも衣装ってやつか」

「それ褒めてないですよね」

　冗談めかして言った堂島の言葉に杏奈は苦々しい表情をして見せたけど、もちろん彼が本当はどう思ってるかなんて、その顔を見れば一目瞭然だった。まるで愛しいものを見るような眼差しで、頬までほんのり染まっている。

　――そんな顔されると、なんか照れくさくなっちゃうなあ。

　恥ずかしくなって思わず顔を背けたけれど、胸の奥が嬉しくてソワソワする。

「よく似合ってるよ。可愛い」

　顔を背けたままの杏奈に、堂島はポンポンと頭を撫でてくれながら言った。胸の鼓動がもっともっと加速して、耳まで真っ赤に染まってしまう。

　とつぜんの豪華すぎるプレゼントにはためらいもあったけれど、今は贈ってもらえて嬉しいと素直に思えた。

　購入した物はすべて堂島の指定したビューティーサロンへ送られた。パーティー当日、杏奈はそこへ行って着替えると共に、ヘアメイクもしてもらうという手筈だ。

　つまり、堂島はドレス一式を買っただけでなく当日のヘアメイクまで杏奈に贈ったのだ。

「……私、たかが半年の頼みごとぐらいで今回のプレゼントに相応しい働きなんか出来ないような気がしてきました」

「そうか？　なら一年でも二年でもいいけど」

「頼みごとの内容によっては、そうさせてもらいます」

ショップを出たふたりは再び車に乗って、そんな会話を交わした。

「それで、今度はどこへ行くんですか？」

今日はドレスを買うために連れ出したのかと思ったけれど、どうやら堂島はまだ杏奈を帰す気はなさそうだ。アパートとは違う方向へ車を走らせている。

「さっそく頼みごとをお願いしようと思って。ベイエリアに新しい大型スーパー出来ただろ。そこへ行こう」

「スーパー？」

小首を傾げた杏奈を横目で見て、堂島は嬉しそうに口角を上げて軽く頷く。

「そう。スーパーで買い物して、栄養のある美味いメシを作って欲しい。それが、俺の頼みごと」

「はああ⁉」

あまりに簡単すぎる頼みごとに、助手席で杏奈は素っ頓狂な声をあげてしまった。

「そ、そんなことでいいんですか⁉」

「そんなこととはなんだ、食事はすべての基本だぞ。それに、こう見えて本気で困ってるんだからな。アラサーの独身男にとって美味い手料理ってのは、焦がれても金を積んでも簡単には手に入らない貴重なものなんだよ」

「はあ……」

堂島の熱弁を、杏奈は生返事で聞いてしまう。なんだか説得力がない。器用そうな彼ならいくらでも自分で美味しい料理が作れそうだし、女性に作って欲しいというのならそれこそ杏奈の出番などないような気がする。彼は絶対に女には困らないであろうほどのイケメンなのだから。

「私、あんまり料理得意な方じゃないですけど……いいんですか？」

それでも引き受けた以上はやるしかないと思いつつ、一応尋ねれば。

「もちろん。カレーでもおにぎりでも何でも構わないよ」

何故だか機嫌の良さそうな返事が返ってきた。

――プライベートなときの堂島さんって、なんか結構変わってるかも……。

まだ数時間しか経っていないのに、今日は彼の新しい顔をたくさん知ってしまった。イメージと裏腹にワイルドな車に乗っていること、実はかなりのお金持ちっぽいこと、女性を着飾らせるのが好きそうなこと、モテそうなのに手料理に飢えていること。

意外で驚かされることばかりだけど、新しい彼を知るたびに杏奈の胸にはときめきが落ちた。もっと一緒にいて、もっともっと彼を知りたくなってしまう。

「じゃあ……頑張って腕をふるいます」

果たして自分の手料理なんかがドレスのお礼に見合っているかは謎だけど、彼が喜んでくれることならば努力したいと、杏奈ははにかんだ笑顔を運転席に向けた。

それを横目で確認した堂島は「楽しみにしてる」と答えて、嬉しそうに目を細めた。


スーパーであれこれと会話しながらする買い物は楽しかった。彼の好物を聞いたり、意外なものが苦手で笑ったり、珍しい野菜を見つけてどうやって食べるのかふたりで考えたり。

そうして日も暮れる頃、袋にいっぱいの食材を手にして、ふたりは堂島のマンションへと帰ってきた。

「じゃあ張り切って作りますから、堂島さんはリビングでゆっくりしててください」

大型スーパーの隣のショッピングモールでついでに買ったエプロンを身に着け、杏奈は気合いを入れて腕まくりをする。

メニューは堂島のリクエストで出汁巻き玉子とグラタンとサラダ。奇妙な取り合わせだけど、彼の好物をストレートに反映したらこうなってしまった。

彼のイメージからはだいぶかけ離れた子供っぽい好物に、杏奈はクスクスと笑いながら小鍋のホワイトソースをかき混ぜる。

──やっぱりプライベートのときの堂島さんって、なんか面白いなあ。

こんなことならもっと早く彼を食事に誘ったり一緒に出掛けたりすれば良かった、などと浮かれた考えがよぎってしまって、杏奈は慌てて頭をプルプルと振った。

今日はとても楽しいけれど、彼の新しい姿をたくさん知れて嬉しいけれど、そんな甘さに浸っている場合ではないのだ。

こうして食事を作っているのはドレスを贈ってもらったお礼で、ドレスが必要なのはパーティーに出席するからで、パーティーに出席するのは常務への色仕掛け作戦を進めるためなのだから。

すべては〝復讐〟のため。忘れてはいけない。

杏奈は自分にそう言い聞かせると、浮かれないように戒めながら調理を再開させた。

けれどやっぱり。料理が一品づつ出来上がっていくたび、これを堂島はどんな顔で食べてくれるのだろうと考えると、どうしても頬が緩んでしまうのだけれど。

＊　＊　＊

「ごちそうさま。美味かった」

目の前のお皿をすべて綺麗にした堂島は、手を合わせて挨拶をした。

グラタンのチーズはちょっと焦げ目が強くなってしまったし、出汁巻き卵も味にムラが出来てしまったけれど、堂島は何度も「美味い」を繰り返し、本当に美味しそうに箸を運んでいた。

「おそまつさまでした……って、本当におそまつな腕前で申し訳ないんですけど」

杏奈が恐縮して言えば、堂島は柔らかに目元をゆるめて笑う。

「いいや、お世辞とかじゃなく本当に美味かったよ。こういう手料理らしい手料理がすごく食べたかったから、満足してる」

「ならいいんですけど」

笑顔を返しながらもふと、『手料理らしい手料理』というのは果たして褒め言葉なのだろうかと、少し疑問にも思った。

「次はもっと上手く作りますね」

ひそかに向上心を燃やしながら、杏奈は空になった器を持ち椅子から立ち上がる。そのままキッチンのシンクまで食器を運ぶと、残っていた食器を持って堂島もやってきた。

「私、洗い物終わったらそろそろ帰りますね」

時間は夜の七時半を回ったところだ。明日は月曜日だし早めに帰ろうと思い、スポンジを手に取りながら言った杏奈を、堂島が後ろからそっと抱きしめてきた。

「ど……堂島さん……!?」

びっくりして心臓が飛び出しそうになった杏奈に、堂島は耳元に顔を寄せて囁く。

「今日は色仕掛けの練習はしていかないのか?」

ただでさえバクバクに鳴っていた心臓が、さらに血流を速める。血圧が急上昇しすぎて倒れてしまいそうだ。

——す、すっかり忘れてた……! どうしよう、どうしよう～!

今日のスケジュールが不明だった時は、もしかしてまた〝協力〟をしてくれるつもりなのだろうかと、あんなにソワソワしていたのに。彼に会ってからは何かと驚きの連続で、そのことをすっかり忘れてしまっていた。

杏奈が内心パニクっていると、堂島は抱きしめたまま首筋にキスをしてきた。

「ひゃ……っ!」

「この間よりもっと気持ちいいこと教えるけど……どうする?」

耳朶を悪戯っぽく食まれながら低い声で囁かれ、ゾクゾクと甘い熱が全身に蔓延った。

その途端、この間抱かれたときの記憶が鮮明に蘇り、身体が熱く疼きだす。

「あっ、ん……あの……、その……。……教えて、ください……」

熱い吐息が零れてしまった唇からは、彼を拒む言葉は出てこなかった。高鳴る心臓に翻弄されるように、身体を捩って彼を抱きしめ返す。

堂島は向き合う姿勢になって杏奈を抱きしめ直すと、そのまま深く唇を重ねた。

「あっ……、あっ、んん……」

ベッドに運ばれた杏奈は堂島の手ですぐさま服を脱がされ、熱い愛撫を受けた。

もどかしそうに性急に服を脱がせたり、首筋や胸に獣のように貪りつく彼は、なんだか前回より情熱を持て余してるように見える。

胸の先端をいきなりキュッと強く摘みあげられ、身体がビクリと跳ねる。そのまま指の腹でクリクリと捏ねまわされると、臍の奥から甘い疼きが湧き上がった。

「ああ……っ」

「可愛い乳首だな。ずっとこうやって虐めてやりたくなる」

左右両方の実を指先で弄ばれながら言われて、杏奈は羞恥と快楽で顔をしかめさせる。

「なんでそんなこと言うんですか……っ、堂島さんのエッチ……！」

責める言葉を口にすれば、堂島は楽しそうに口角を上げて胸に顔を寄せた。

「いやらしいのは杏奈の方だろ。男慣れしてないくせに、感じやすくてすぐに硬くして」

そう言って指で摘みあげた先端を舌でペロリと舐める。彼の言う通りすでに硬く尖っている胸の実は過敏になっていて、舌で舐められたり唇で吸いあげられるたびに、杏奈に甲高い嬌声をあげさせた。

胸をたっぷりと攻められて、身体中が熱く火照り疼きが強くなっていく。杏奈が秘所から雫が溢れるのを感じたとき、大きな手が腿の間に滑り込んできた。

長くて無骨な指が、ツゥッと秘裂をなぞっていく。

「ひっ、ぁん……っ」

「……ずいぶん濡れてるな。そんなに俺にさわって欲しかったのか？」

自分の指に纏わりついた透明の液体を眺めて尋ねる堂島の声には、嗜虐と隠し切れない嬉しさが滲んでるような気がした。

なんて答えていいか分からず、杏奈は赤くなった顔を逸らせて「……分かんない」と拗ねたように呟いた。それを聞いてクスリと笑った堂島は、指をもう一度蜜の溢れる襞へと埋める。

「じゃあ、分かるようにしようか」

クチュッ、クチュッ、と卑猥な音をたてながら、男の指が花弁の間を往復する。ぬめった指が襞の中を掻き回す刺激に、杏奈は途切れ途切れの嬌声をあげた。

たっぷりと蜜を纏った中指が和毛の下で硬くなっている芽を見つけ、くすぐるように円を描く。

「ふ、ぁ……っ、そこ……っ」

杏奈の声にさっきよりもいっそう甘さが増した。鼻にかかるような甘ったるい声は、日常では絶対に聞くことが出来ない淫靡さに満ちている。

堂島の指は焦らすように芽を直接はさわらない。周囲を撫でたり包皮ごと捏ねたり、もどかしい刺激を与え続ける。それが逆に杏奈の熱を昂ぶらせ、はしたないほどに蜜を溢れさせてしまった。

右手の指で肉芽を捏ねたまま、ひくつく蜜孔に逆の手の指を差し入れる。

「う、うん……っ」

一瞬入口がギュッとしまったが、たっぷりと濡れているそこは、すんなりと堂島の中指を受け入れた。

「ほら。杏奈の中、熱くてキュウキュウ指を締めつけてくる。まるで俺の指が欲しくて仕方なかったみたいだ」

ゆっくりと指を出し入れして、わざと杏奈に聞こえるように水音をたてながら堂島は言った。

「や……っ、そういうこと……言わないで……っ」

「言えよ。俺にさわられたかったって。俺が欲しくてたまらなかったって、言ってみな」

蜜口に差し込んだ指も、肉芽を弄る指も、わざと焦らすように動かしながら堂島は杏奈に強要してくる。

快感に昂ぶった身体を今さら焦らされるのはつらい。彼の行為にとんだ嗜虐性を感じながらも、杏奈は少しだけ不思議に思った。

――やっぱり今日の堂島さん、変だ……。

前回の堂島より、少し余裕がない気がする。杏奈を一方的に翻弄しているように見えて、実は何かに飢えて激しく求めている感じがする。

彼が本当に望んでいるものが何かは分からないけれど、杏奈は言われたことに従順に答えてみた。

「……ど、堂島さんに、さわられたかった。抱かれたかった……です」

とんでもなく恥ずかしい台詞だったけれど、嘘ではない。初めて抱かれた夜から彼の優しい手が忘れられなくて、何度も胸を熱くしたのだから。

おずおずと言葉を紡いだ唇を、激しいキスでふさがれた。強引に舌が口腔に入り込み、余すところなくねぶっていく。

やっぱり今日の堂島は飢えていると思った。それがどうしてなのかは分からない。ただ単に性欲が高まっていただけなのかもしれない。けれど、熱い息混じりに何度も「杏奈」と呼びかけながらされるキスは、なんだか自分が乞われてる気がして、杏奈の胸を切なく締めつけた。

激しいキスで唇を嬲(なぶ)られながら蜜口を指で掻き回されると、たまらない愉悦に襲われる。

身体の内側から感じるところをグリグリと指で押されると、尿意にも似た快感が迫り上がって、力の籠もった爪先がシーツを掻いた。

「あっ、ああっ、そこ、駄目ぇ……っ」

中指を差し入れられたまま親指ですっかり膨らんだ肉芽を弄られると、杏奈の身体はあっけなく高みへ昇りつめてしまった。

「ひぃっ、ん……っ！」

このあいだと違い、下肢の奥がジンと痺れて突き抜けるような絶頂。脱力感はそれほどではないけれど、杏奈は全身を汗ばませハァハァと息を乱した。

「イッた？」

ピクピクと収斂を繰り返す隘路から指を引き抜き、震える太腿を撫でながら堂島が尋ねる。

「……このあいだとは、なんか違う感じだけど……イッたような気がします……」

「イカせた場所が違うからな。もう一回、今度は杏奈の好きな奥でイカせてやるから」

彼の言葉を聞いてそういうものかと納得したものの、奥が好きだなんて、なんだか淫乱扱いされているような気がして杏奈は複雑そうな表情を浮かべた。

けれど、ゴムに包まれた彼の大きな雄が胎内に入ってくると、さっきの言葉を否定出来なくなってしまう。最奥まで肉茎をうずめられ腰をグリグリと押し付けられると、瞼の裏がチカチカするほどの強烈な愉悦に襲われた。

「あっ！　ああーっ……！」

高く持ち上げられた片足を堂島の肩にかけられた姿勢は、普通の正常位より深く繋がってしまう。子宮の入り口を何度も雄の先端でズンズンと突かれて、杏奈はシーツを握りしめながら止まらない嬌声で喘ぎ続けた。

ズッチュ、ズッチュ、と粘着質な水音と肌の触れ合う音が混じり合って部屋に響く。ふたりの汗の香りと互いのフレグランスのラストノートが淫靡に絡み合って、鼻腔をくすぐった。

「い、く……っ……!!」

下肢の奥から愛液が溢れ、頭の中で光が弾けた。全身がビクビクと跳ね、堂島の雄をギュウッと締めつける。

魂まで抜けていってしまいそうな脱力感に襲われるのに、そのまま意識を手放すことを、今日も堂島は許してくれない。

「まだだ。おかしくなるぐらい気持ち良くなってみな」

達したばかりで敏感な身体を、獰猛な雄が容赦なく突き上げてくる。

「や、あ……っ！　駄目……っ！」

これ以上は抱えきれないのに、もっともっとと快感を与えられ続けて身体が壊れてしまいそうだ。どうしていいか分からない悦楽に翻弄されて、杏奈は涙混じりに喘ぎ続ける。

そして無意識に堂島に向かって腕を伸ばしていた。

「ど、堂島、さん……っ」

抱きしめて欲しい。撫でて欲しい。朦朧とした頭で本能のように浮かんだ想いに突き動かされるように、杏奈は堂島へと腕を伸ばす。

すると堂島は一瞬切なげな表情を浮かべ、その手に応えるように杏奈を抱きしめた。

大きな手が背中にまわされ、ギュウッと抱きしめてくれる。杏奈も彼の身体を力いっぱい抱きしめれば、硬い背中の筋肉やふれあった胸板の男らしさをたまらなく愛しく感じた。

堂島の手はそのまま髪を優しく撫で、頬まで撫でてくれた。温かくて厚い手の平の安心感に、涙が出そうになってしまう。

「堂島さん……」

――好き。

切ないほどの想いが口から零れそうになって、キュッと唇を噛みしめた。

こんなに慕ってしまった想いを、言葉にして吐き出したい。伝えたい。

けれど、今抱かれている理由はあくまで〝協力〟だ。勘違いしてはいけない。それに自分は〝復讐〟が終わるまでは、恋にうつつを抜かさないと決めているのだ。

言葉に出来ない想いを抑えるように、杏奈は彼の首に腕を絡めると自分から唇を重ねた。

堂島が驚いたように目を見開く。

けれど、すぐにそれに応えるような深いキスが返された。お互いが欲してやまないように舌を絡め合い、ねぶり合う。

「ふ、ぅ……っん、うん、ん……っ」

重なる唇が角度を変えるたび、甘い吐息が漏れていく。呼吸さえもままならないほど求め合ったキスは、身体の奥まで染みて心ごと溶かされてしまうかと思った。

「杏奈……」

唇を離した堂島が囁いて、うずめていた雄茎の抽挿を激しくさせた。

「……杏奈……っ」

何度も呼びかける彼の声は、今までに聞いたことのない色を帯びている。彼も何かを伝えたがっているように見えるのは、気のせいだろうか。

「あっ、ああっ、ああーっ……!!」

激しい口付けで昂ぶった身体が、もう一度絶頂へ押しやられた。それとほぼ同時に、堂島も自身の剛直を最奥までうずめて避妊具越しに吐精する。

「………杏奈」

はぁ、はぁと息を弾ませて頬を撫でてくれた堂島の優しい手を感じながら、杏奈はようやく悦楽の鎖から解放され、眠りへと落ちていった。

うっかり熟睡しそうになった頭を無理やり覚まして、杏奈はこの日も自分のアパートへ帰ることを選択した。

「泊まっていったら?」と堂島には言われたけれど、今日も泊まる準備をしてきていない。そう素直に告げたら彼は「分かった」と眉尻を下げた笑顔で言い、杏奈をアパートまで車で送ってくれた。

＊　＊　＊

今日も帰宅したアパートでベッドに寝ころび、天井を見上げて杏奈は考える。

一緒に車に乗って出かけて、服をプレゼントしてもらい、スーパーで肩を並べて買い物をして、彼の部屋で晩御飯を作る。そして、肌を重ね合う。

「……恋人同士みたい……」

過去に一度もそんな経験はないけれど、世間一般の常識から察するに、堂島と過ごした今日の出来事はまるっきり恋人同士のデートみたいだと思った。

杏奈は寝返りを打つと、愛用の枕をぎゅっと胸に抱きしめた。

——私、堂島さんのことどんどん好きになっちゃってる……どうしよう。

今日を振り返ってみれば何もかもが楽しくて嬉しくて、胸をときめかせることばかりだった。これが本当にデートだったなら、どんなに幸せなことだろう。

けれど、そう考えてはいけない自分の立場が、枷（かせ）のように心を重くする。

――私は恋なんかしてる場合じゃない。それに堂島さんだって……〝協力〟の約束があるから、私を抱いてるだけなんだから。

必死に自分に言い聞かせても、目を閉じれば浮かんできてしまうのは堂島の姿ばかりだ。彼がドレスを贈ってくれた、可愛いと言ってくれた、頭を撫でてくれた、料理を美味しいと食べてくれた。そのすべてが嬉しくてたまらない。

杏奈はガバッと身体をベッドから起こすと、部屋にあるシェルフから小さな箱を取り出した。

落ち着いた艶を持つオークで出来た、精緻な模様が刻まれた小物入れ。杏奈が子供の頃、祖父が作ってくれたものだ。子供への贈り物とはいえ、中にワインレッドのベルベッドが張られたそれはトラディショナルインテリア雑貨の逸品ともと言えるもので、音彦の孫への愛情がひしひしと感じられた。

大切な祖父の形見を両手で包みながら、杏奈は果てしなく大きくなっていきそうな恋心を必死で抑える。

――大丈夫。おじいちゃん、私、復讐を忘れたりなんかしないからね。安心して。

そう、何度も心で繰り返して。

5　間抜けな子猫と不埒な男

ドレスのお礼として、杏奈は週末、堂島の部屋に食事を作りに行くようになった。約束通り期限は半年。何か予定のあるときは無理に来なくてもいいと言われたけれど、杏奈はすすんで毎週末に食事を作りに行った。

高価なプレゼントをただで受け取るのは気が引けるからと始めたお礼だったのに、堂島は杏奈をアパートの前まで迎えに行き、ついでだからと映画や水族館などへ連れて行ったりした。それどころかときにはレストランで食事をご馳走してくれることまであって、もはや杏奈はどうして自分が彼のマンションに通っているのか分からなくなっている。

そして、最後は必ず〝協力〟という名目で肌を重ねた。

ふたりで過ごす時間が増えれば増えるほど、杏奈の胸には恋の欠片が降り積もっていく。それと同時に、さすがににぶい杏奈も堂島の行為に何かを感じ始めていた。

――ありえないとは思うけど……堂島さん、もしかして私のこと……好き、なのかな……。

こんな恋人まがいの週末を過ごしていれば、誰だってそう思うに決まっている。けれど堂島は、諸事情から想いを口に出せない杏奈とは違う。もし好意を持っているなら、こんな遠回しなことをしなくとも、素直に好きだと告げればいいだけだ。

それなのに彼が杏奈に愛を告げることは一度たりともなかった。

恋愛経験もなければ察しも良くない杏奈は、そんな堂島の気持ちがさっぱり分からない。

――堂島さん、面倒見がいいから優しくしてくれてるだけかもね。

結局は自分をそう納得させて、うっかり湧いてしまいそうになる淡い期待をかき消すのだった。


そんな関係が進んでから一ヶ月後。ついに〈アーバニタ・J〉のパーティーの日が訪れた。

予定通り堂島の予約してくれたビューティーサロンへ行き、ヘアとメイクを整えてもらう。そしてプレゼントしてもらったドレス一式を纏うと、杏奈は自分でも見違えるほど愛らしくもセクシーで上品な女性に変身した。

アップにしてもらった髪はとても大人っぽいが、ルーズな後れ毛をあえて作ることで若々しいキュートさもある。メイクもシックなカラーを中心に、洗練されていて、杏奈の特徴的な瞳とぽってりとした唇を魅力的にみせていた。

ちょうど支度が済んでサロンを出ようとしたとき、待ち合わせていた堂島が中へ入ってきた。

　杏奈を前にした彼はしばらく口を噤んでその姿をマジマジと眺めたあと「へえ……」と感心したように小さく呟く。

「へえ、ってなんですか。もしかして私がセクシーすぎて見惚れちゃいました？」

　照れくさくておどけて言ったのに、堂島は目を細めると素直に頷いた。

「ああ。ちょっと予想以上だった。なんか……もったいなくて、人前に出したくないな」

「な、何言ってるんですか！　ほ、褒めすぎですから‼」

　まるで独占欲をあらわにしたような台詞を吐かれ、杏奈は顔を真っ赤にしてしまう。どうして彼がこんなことを言うのか、理解出来ない。

　それに堂島は杏奈を誉めてくれたけど、ドレスアップしている彼だって見惚れてしまうほどの格好良さだ。

　ダークグレーのタキシードはジャケットがロングタイプで、堂島の背の高さを引き立てている。ベストが杏奈のドレスに合わせたピンク色だったり、ポケットチーフが個性的なツインピークススタイルだったりと、ほどよい遊び心もあって、余裕のある大人の雰囲気を窺わせるコーディネートだ。

「堂島さんだって、その……素敵ですよ」

　恥ずかしくて顔を俯かせながらゴニョゴニョと言うと、堂島は意外な反応を見せた。驚いたように目をしばたたかせ、赤くなった顔を隠すように手で口元を押さえる。

「褒めても何も出ないぞ」

そんな冗談めかしたことを口にしながら、踵を返して車へと向かって行ってしまった。

——あれ。堂島さん、照れてる？

初めて見る彼の照れた姿に、杏奈はなんだか嬉しくなる。いつも余裕たっぷりの大人だと思っていた彼に、こんな可愛い一面があっただなんて。

杏奈はつい緩んでしまいそうな頬を抑えながら、堂島のあとについて車へと向かった。


会場のグランドベイホテルは国内トップクラスの高級ホテルだ。特殊タフテッドの赤いカーペットが敷かれたロビーでは大型のクリスタルシャンデリアが訪客を迎え、その豪奢さに圧倒される。

インテリアもホテリエも非の打ちどころがなく、杏奈は堂島のあとを歩きながらキョロキョロと辺りを見回してしまった。

受付を済ませると、会場に入る前に堂島が肘を差し出してくる。杏奈がきょとんとしているると、おかしそうに苦笑を零された。

「エスコート。俺の腕に軽く手を置いて」

「あ、ああ。分かりました。はい」

男性にエスコートされるパーティーなど初めての杏奈は、言われてようやく彼の行動の意味を理解する。

ぎこちなくそれに従えば、堂島は慣れていない杏奈が歩きやすいようさりげなく歩調を合わせてくれて、会場へと入った。

会場内はフォーマルウェアの人で溢れかえり、華々しい雰囲気で賑わっている。有名なインテリアデザイナーやマスコミ関係者、それに大手インテリア会社や百貨店の社長、会長などの顔もチラホラ見えて、杏奈は思わず感嘆の息を吐いた。

「さすが世界的ブランドですね……。なんか私、すっごい場違いな感じ……」

堂島にねだって連れてきてもらったもののあまりにもセレブな雰囲気に、庶民な杏奈はなんとも萎縮してしまう。

「そんなことないって。みんなお前と同じ、家具が好きで関わって生きてる人たちだよ」

そう言われると少し気が楽になったけれど、堂島本人はこの場に馴染んでいるどころか、華々しい人の群れでも一際目を惹くほど優美な出で立ちで、隣の杏奈はやっぱり気後れしてしまう。

けれど、堂島に連れられ有名デザイナーやブランドの代表者に一緒に挨拶をするうち、杏奈の胸は嬉しさと興奮でいっぱいになっていく。物心ついたときから家具に恋している杏奈にとって、素晴らしい商品を作るデザイナーや歴史あるブランドたちは雲の上の存在

だ。そんな人たちと直接言葉を交わせることが出来て、興奮しない訳がない。

　憧れている英国のトラディショナルインテリア職人に会ったときには、

「大ファンです！　お金貯めて復刻シリーズのテーブルとスツール買いました！」

などと言って握手までしてもらい、堂島に「まるっきりミーハーだな」と苦笑されてしまうほどだった。

　もちろん仕事で来ている以上は、世話になっている関係者とは交流を深め、初めて会うメーカーや工房などにも挨拶をして顔を広める。会場に入って一時間、仕事としてもそれなりに収穫を感じた頃、ふたりで一息つくことにした。

「ああ、疲れた。でもすごくいい経験が出来て、満足です」

「そいつは良かった。連れてきた甲斐があったな」

　堂島にシャンパンを手渡され、ふたりで小さく乾杯をする。いつの間にか渇いていた喉に、ほどよく冷えたシャンパンの発泡が気持ち良く染みた。

　そのとき。杏奈は人ごみの中にふと見知った顔を見つけた。

「……洞木社長……」

　やはり彼も招待されていたのであろう、いつものように秘書を数人引き連れて関係者と歓談している。気分良く過ごしていたところに憎き社長の姿を見つけた杏奈は、とたんに顔を曇らせた。

するると、洞木社長がふいにこちらを振り向いた。杏奈は一瞬驚いたけれど、洞木社長が見ているのはどうやら堂島の方らしい。

「……そろそろ帰ろう、杏奈」

とつぜん堂島は杏奈の手を取るとそう言って足早に人ごみに紛れ込み、入り口を目指して歩き出した。

「え？　なんですか急に？」

足をもつれさせそうになりながら必死に堂島についていく。けれど彼は杏奈の質問には答えてくれなかった。

――社長、こっち見てたけど……堂島さん、挨拶しなくていいのかな。

自分は一介の平社員だから顔も知られていないだろうが、堂島はそうはいかないだろう。

少し不安に思ったけれど、彼のなすがままに腕を引かれ会場の広間をあとにした。

「腹減ってないか？　どこかで食事して帰ろうか」

エレベーターに乗り込むと、堂島はいつもと変わらない様子で杏奈に話しかけてきた。

まるで社長の目を避けて会場を出たように感じたけど、気のせいだったのだろうか。疑問に思いながらも、「そうですね」と答えて笑みを返す。

一階に着くと、杏奈は堂島にラウンジで待っていてもらいトイレへと向かった。車に乗る前に用を済ませておきたかったのだけど……思わぬところで、本来の目的と出会ってしまう。

トイレに向かおうと廊下を曲がった杏奈が目にしたのは、人けのない通路の陰で女性とただならぬ距離で話をしている——洞木実千雄の姿だった。

——ほ、洞木常務……!!

思わず声に出してしまいそうになるのを、すんでのところで呑みこむ。とたんに今日の本来の目的を思い出し、使命感に駆られた。

今日はこのパーティーに常務が来ていることを期待して潜入したのだ。すべては彼の懐に潜り込むため、色仕掛けで復讐を果たすため。

——あれって、女の人を口説いてるのかな……。見張っていれば、常務の女性の好みが分かるかも。

杏奈は常務に見つからないよう廊下の柱に身を隠し、そっと近付く。けれどタイミングが悪かったのか、常務と女性は通路の奥へと歩いて行ってしまった。

——あ、あ……。このままじゃ見失っちゃう。せめて、口説いてた女のひとの姿がもうちょっと見たい。それに上手く会話が聞けたら、色仕掛け作戦に役立てられそうなのに。

足音を忍ばせながら慌ててふたりについて行く。その姿はまるで尾行している探偵のような怪しさだったけれど、あいにく肝心の中身が伴っていない。

「あれ？　……見失っちゃった」

スイートルーム直通のＶＩＰ専用エレベーターがあるだけの行き止まりだった。人けはまるでない。常務と女性はどこへ行ってしまったのだろうとキョロキョロ見回していると。

「誰を探してるのかな、子猫ちゃん」

いきなり後ろから声をかけられて、杏奈は「きゃあっ⁉」と短い叫び声をあげるほど驚いてしまった。

振り向けば、スタッフが使う大型ワゴンの陰から背の高い男が出てきた。

黒のタキシードにピンクのタイとドット柄のベストという個性的だけど洗練された出で立ちに、ワイルドに後ろへ流している少し長めの髪。そして目元に泣き黒子のある甘いマスクを持つ男は、杏奈の憎きかたきのひとり、洞木実千雄だ。

「さっきから俺をつけてたよね。おかげで狙ってたレディを口説きそこなっちゃったよ」

どうやら尾行はバレバレだったらしい。お相手の女性はＶＩＰ用のエレベーターから逃がし、本人はここで杏奈を待ち伏せしていたようだ。

せっかくのチャンスどころかいきなり計画が破たんしそうになり、杏奈はこめかみに冷や汗を流した。

杏奈を小馬鹿にしているのか、それとも本音の表情を絶対に見せないタイプなのか、洞木はニッコリと笑顔を貼り付けたまま詰め寄ってくる。

「あ、あの……私、その……」

窮地に陥った杏奈の頭には、その場しのぎの言い訳すら何も浮かばない。けれど、目の前までやって来た洞木は彼女を見て「ん？」と何かに気付いた顔をした。

「あんた……さっき堂島と一緒に挨拶回りしてた女か」

——ひぃっ！　ば、バレた!!

杏奈の顔からサーッと血の気が引く。もうどんな言い訳をしても逃げることは出来ない。自社の社員だとバレてしまったうえ、堂島の連れだということまで気付かれてしまった。下手をしたら堂島にまで迷惑がかかってしまう。

——どうしよう、どうしよう！　堂島さんごめんなさい！

ところが、絶望的な表情を浮かべる杏奈を眺めながら、洞木はズボンのポケットに手を突っ込み「へぇ～」と口の端を上げて笑った。

「わざわざ俺をつけて来たってことは、ただの部下じゃなさそうだな。堂島の差し金か？それとも俺に何か用事でもあって追いかけてきた？」

今なら萌衣が『常務は女好きだ』と言っていたのが理解出来る。こちらの顔を覗き込みながら話す洞木の態度は、正真正銘遊び人のそれだ。誘惑の色を秘めた声の調子、追い詰めながらも敢えて隙を見せる表情、いつのまにか身体がふれそうなくらい縮められていた距離。女を手玉に取ってきた熟練さが垣間見える。

そんな男を前にすれば、男性経験の浅すぎる杏奈など蛇に睨まれた蛙みたいなものだ。冷や汗を滲ませるばかりで、手も足も出ない。

けれど、洞木の言った『堂島の差し金』という言葉だけは、妙に頭に引っ掛かった。いったいどういう意味だろう。

「ど……堂島さんは関係ありません……」

いつの間にか壁際に追い詰められた杏奈は、ギュッと手を握りしめてようやく声を絞り出した。

色仕掛け作戦はもう上手くいかないかも知れない。けれど、これは自分だけの問題なのだから堂島に迷惑をかけることだけは嫌だと、勇気を出す。

「す、すみません。私が勝手に常務のあとを追ってきただけです」

怯えながらも言葉を紡いだ杏奈に、洞木は面白そうに目を細め「ふーん」と間近まで迫っていた身体を一歩引いて離した。

けれど、ホッとしたのも束の間。洞木は手を伸ばすと指先でクイッと杏奈の顎を持ち上げて視線を絡める。

「じゃあどんな理由で俺を追ってきたのかな？　言ってごらん、子猫ちゃん」

今どき女を『子猫ちゃん』などと堂々と言ってのけるこの男は、生粋の女たらしなのだなと杏奈は痛感した。しかも、それがサマになってしまう容姿を持っているのがこれまた恐ろしい。

けれど、杏奈はそこに活路を見出した。

嘘が下手なことも、まだまだ色仕掛けが上手く出来るほどの色気を持っていないことも、自覚している。けど、この超絶肉食系の色男ならば、敢えて乗ってくれるかも知れない――。

「あ、あの！　私、常務にずっと憧れてて……！　恋人になってくれなんて言いません、だから、その……わ、私と……遊んでくれませんか？」

イチかバチか捨て身の賭けだった。

あまりに唐突すぎて怪しまれ、警戒されるようになったらもう〝復讐〟は失敗だ。他の手段で作戦を練り直しても、何かと怪しまれるようになってしまうだろう。あまりにもハイリスク、けれど成功すれば一気に相手の懐に飛び込めるハイリターンな賭けだった。

見つめ合ったまま、沈黙が流れた。杏奈は緊張で鼓動が煩くなるのを感じながら、手の平にじっとり汗を掻く。無言のまま杏奈を見つめる瞳に心まで見透かされてるみたいで、逃げ出したくて仕方がない。

――やっぱり、無茶だったかな……。

杏奈の瞳に刹那、落胆の色が浮かんだときだった。

「あっはははは！　面白いこと言うね、あんた」

じっと杏奈を見つめていた洞木が、弾かれるように笑い出した。

予想外の反応に杏奈はポカンとしてしまう。

「女から誘われたことは腐るほどあるけど、今のは過去最高に色気のない誘い方だったよ。俺、ピクリともこなかったもん」

色気がないことは自覚しているけれど、あまりにも失礼だ。洞木の言い草に杏奈は唇を尖らせてむくれる。

すると、突然洞木の手が伸びてきて、杏奈の頬を両手で包むように押さえた。

「男慣れしてないのは伝わるけど、あんまり純愛って感じの告白でもなかったな。何企んでるの？」

『企んでる』などと言われて、心臓がドキリと跳ねた。やはり遊び人の噂は伊達じゃない。女の心を見透かすのなんて、彼にとってはお茶の子さいさいなのだろう。

「た、企んでるなんて、そんな……」

モゴモゴと口籠もれば、洞木はどこか含みを持った笑いを浮かべて言った。

「玉の輿狙い……って感じでもなさそうだね。尾行もヘッタクソだったし、したたかさなんか微塵もないタイプっぽいし」

何気なく貶された気もするけれど、腹を立てている場合じゃない。どうにか〝復讐〟のことだけはバレないようにしなければと杏奈が焦っていると、洞木は頬を包んでいた手をパッと離し、再びポケットに手を突っ込んだ姿勢で笑った。

「いいよ、乗ってやる。どうせあんた、堂島に飼われてるんだろ。何企んでるか分かんないけど、面白そうじゃん。遊んであげるよ」

「い、いいんですか⁉」

どういう理屈なのかは、男心に疎い杏奈には分からない。けれどどんな理由でも、作戦はまた一歩前進したのだ。

思わず驚きと喜びの声をあげれば、また可笑しそうに爆笑された。

「本当に色気ないね。でも今のは、オモチャ買ってもらう子供みたいで可愛かった」

その評価の仕方も、やっぱりよく分からない。けれどどうやら、洞木に多少は好印象を持ってもらえたようだ。

杏奈は心の中でガッツポーズをし、そそくさとバッグからスマホを取り出す。

「あの、じゃあ、連絡先交換してもらってもいいですか?」

「ああ、いいよ。けど」

洞木もジャケットのポケットからスマホを取り出し、ＬＩＮＥのＩＤを交換しながら言葉を続けた。

「俺、女は呼び出す主義だから。あんたからの連絡は禁止ね。いい子でお呼びが掛かるの待ってな」

「は、はあ……」

なんとも横柄な命令に、ひそかに呆れてしまう。せっかくチャンスを手に入れたけれど、果たしてちゃんと呼び出してもらえるのかと心配にもなる。

「俺と遊んで欲しいんだったら、呼ばれたときはすぐに飛んでくるのが鉄則だよ、子猫ちゃん」

魅惑的だけどどこか嘘くさい笑顔を見ながら、やっぱりこの男は油断ならないと杏奈は思った。

洞木はスマホをしまうと、「さーて、そろそろ会場戻らないと社長に怒られるかな」と呑気に言いながら踵を返して歩き出した。

「お時間取ってしまってすみません」

慌ててそのあとを追い声をかければ、「子猫ちゃんは？　帰るの？」と洞木が振り返って尋ねる。

「はい、今日はもう失礼させて頂きます」

一般客用のエレベーターの前で足を止めた洞木にそう言って一礼すると、彼は甘い笑顔を浮かべて手を振った。

「気を付けて帰りな。堂島によろしく」

その笑顔はやっぱり胡散臭い気がするのだけど、杏奈は何故か嫌いになれなかった。憎いはずの相手なのに、不思議なぐらい抵抗感が湧かない。

エレベーターに洞木が乗り込んだのを見送ってから、杏奈はホウッと大きく息を吐き出す。

――やっと、具体的に〝復讐〟へ一歩近付くことが出来た……。

改めて考えると胸が妙な高揚と緊張でドキドキと高鳴ってくる。いよいよ復讐劇が本格的に始まるのだ。失敗は許されない。

「あ、いけない。堂島さん待たせっぱなし！」

はっと待ちぼうけを喰らっている連れのことを思い出し、慌ててラウンジまで小走りする杏奈だけど、それ以前に肝心のトイレを済ませていないことに気付いて再び回れ右をした。

*　*　*

「ずいぶん遅かったな」

ようやく戻ってきた杏奈を見て、堂島はラウンジのソファーから立ち上がった。

「すみません、ちょっと思わぬ事態がありまして……」

小走りで彼のもとに駆け寄った杏奈は、さっそく洞木と接触したことを報告しようとする。やっと〝復讐〟が一歩進んだんですよ、と。けれど。

「慣れない場所で何かあったんじゃないかって心配したぞ」

困ったように笑いながら軽く頭を撫でてきた堂島を見て、どうしてか言葉を紡げなくなってしまった。

洞木の懐へ飛び込むということは、彼に抱かれるということだ。堂島に、洞木に抱かれるための一歩が成功したことを報告するのは、何故だか気が引ける。

――なんで私、ためらってるんだろ……。堂島さんは私が常務に色仕掛けをするって分かってて、協力までしてくれてるのに……なんか、言いたくない。

純粋に杏奈を心配してくれていた堂島の顔を見て、胸がツキンと痛んだ。

もし素直に報告したとして、『それは良かったな、頑張れよ』と励まされても、『お前、本気で復讐のために常務に抱かれるのか』と蔑まれても、自分は傷付く気がする。

杏奈は堂島に恋してしまった自分を恨めしく思った。

「心配かけちゃってすみません。広いから迷っちゃってたんですよ」

下手な嘘だったけれど、杏奈が無事に戻ってきたことで気が緩んでいたのか堂島は疑わなかったようだ。

「どうせインテリアに目移りして、あっちこっちウロウロしてたんだろ。しょうがないやつだな」

おどけて叱る彼の笑顔が、愛しくて切ない。

胸が恋に高鳴るたびに、近いうちに自分は洞木に抱かれるのだという事実が苦しくなってしまって、杏奈はつくづく彼に恋した自分を馬鹿だと思った。

6　ハニートラップは甘くない

「この復刻版のシリーズ、リビングものだけ扱えるか工房に問い合わせて、可能ならショールーム展示用と色違いの在庫を来月までに……って、聞いてるか？　辻」

「え？　あっ、はい！」

堂島に声をかけられて、杏奈は慌てて背筋を伸ばし手元の資料を確認した。

パーティションで仕切られたミーティングスペースで、堂島や他のバイヤーたちと仕入れの打ち合わせをしている最中だったことを思い出す。

「ここお前の担当だろう。抜けがないようにしっかり頼むぞ」

「はい、すみません」

柔らかな口調ながらも堂島に叱責されてしまった。傍目から見てもよっぽどボーっとしていたのだろう。

洞木と接触をしたあの夜以来、杏奈はいつ自分のスマホが鳴るかと思うと気が気でいられなかった。

『呼ばれたらすぐ飛んでくるのが鉄則』と言われたからには、うっかり連絡を見逃す訳にはいかない。横柄な洞木のことだ、もしタイミングを逃したりしたら二度と呼んでもらえなくなる可能性がある。

そしてスマホが鳴ったとき、自分は洞木に抱かれるのだと思うと、杏奈は何をしていても気持ちを落ち着かせることが出来ないのだ。

ミーティングが終わり自分のデスクへ戻るとすぐに、ポケットに入れていたスマホが震えた。

慌てて取り出したけれど、それは洞木からではなく堂島からのＬＩＮＥだった。

『どっか調子悪いのか？　最近ようすがおかしい』

心配してくれる彼のメッセージが、嬉しくて痛い。堂島の優しさに触れるたび、あんなに心に誓っていた復讐をやめたくなってしまう。

『最近深夜ドラマにはまってて、寝不足気味なんです。ごめんなさい』

おどけたスタンプをつけて、嘘の言い訳を返した。声や表情に出ない分ＬＩＮＥやメールは嘘がつきやすいと、そんな悲しい発見をしてしまう。

『コラ』と怒り顔のスタンプと一緒に『早く寝なさい。心配かけるな』と送られてきたメッセージに、杏奈は泣き出しそうな表情を浮かべて、笑顔のスタンプを返した。

＊　＊　＊

待っていたような、永遠に来て欲しくないような。そんな洞木からのメッセージが届いたのは、昼休みの直前だった。

いつものように萌衣と一緒に外でランチを取ったら今日はそのまま営業先へ向かおう、などと考えて支度をしていたとき、バッグに入れようと手にしたスマホが震えた。

萌衣からかと思い画面を確認して杏奈は息を呑む。

『昼休みになったら、常務室に来ること』

こちらの都合も聞かない横暴なメッセージに、激しく動揺した。

——いきなり常務室に来いって……。どういうことだろう。

今夜どこかで待ち合わせるとか、てっきりそういうメッセージが来るものだと思っていたのに、まさか社内で即座の呼び出しとは。

なんだかあまりいい予感はしないけれど、杏奈はランチに行けなくなったことを萌衣にLINEすると、そのまま席を立って常務室へ向かった。

十二時の鐘が鳴ったのは、常務室のある八階へ向かう階段の途中だった。

十階建てのこの本社ビルは八階以上が役員室と重役用会議室になっている。一般用エレベーターでは行けないので役員用のエレベーターを使うしかないのだが、不埒な呼び出しをされていると思うと、杏奈はそれに乗る気にはなれなかった。

防火扉で区切られている階段を使い、やっと八階までの階段を上りきる。一般の社員があまり足を踏み入れる場所ではないだけに人目が気になったが、昼休みに入ったのが幸いしたようで、廊下を歩いてる者は誰もいなかった。

階段から一番近い部屋に常務室のプレートが掛かっているのを見つけ、杏奈はすぐさま扉をノックする。

「どーぞ」と洞木らしい飄々(ひょうひょう)とした返事が返ってきて、杏奈は一度深呼吸をしてから扉を開けた。

天井が高く南からの日差しがほどよく射し込む明るい部屋。三十坪はあるだろうか、かなりの広さだ。オフホワイトの無地の壁に大きな窓、無彩色を基本とし装飾性を排除しながらも計算された秩序と凛とした上品さを醸すインテリアは、インターナショナルスタイルと呼ばれるものだ。

機能美を追求したシンプルモダンとして二十世紀中ごろから人気が高まっているが、装飾の余裕がないぶんコーディネーターのセンスが問われる上級者向けのインテリアといえる。洗練された家具のデザインには敬意を払いたいが、スタイリッシュすぎて温かみが少ない気がして杏奈の好みではない。

そんなハイセンスな空間に、杏奈を呼び出した男はいた。最高級のレザーを使った直線的なデザインのソファーに座り、アームレストに頬杖をついてこちらを見ている。

「……お呼びでしょうか」

　扉を閉め中まで進み入ってから杏奈は声をかけた。すると洞木は口の端を持ち上げ、手招きで杏奈を呼び寄せる。

「呼んだらちゃんと来たね、子猫ちゃん。エライ、エライ」

　相変わらずの軟派さに、思わず顔をしかめたくなる。それを抑え無理やりに笑顔を作ると、洞木が自分の隣に座るようにポンポンとソファーを叩いた。

　言われるがままに腰を下ろすと、ソファーとセットのテーブルにカフェのテイクアウトらしきボックスやドリンクが置かれているのが目に入った。

「お腹空いてる？」

　杏奈の視線に気付いたのか、洞木が尋ねる。昼時なのでさっきまでは空腹だったのだけど、今は緊張のあまりとても食欲なんかなくて、素直にフルフルと首を横に振った。

「そう？　じゃあ先に済ませちゃおうか」

　主語を抜かした彼の言葉が理解出来なくて、杏奈は小首を傾げる。理解したのは次の瞬間、『何を済ませるんですか？』と質問しようとした唇がキスで塞がれたときだった。

「んっ……、ん、ぅん……っ」

　あまりにも唐突で、目を閉じることも出来ない。反射的に洞木の胸板を押し返そうとしたら、背中と頭に手を回されて強引に抱きしめられてしまった。

何度も堂島と唇を重ねるうちに、少しはキスにも慣れてきたつもりだった。けれどそんな練習は微塵の役にも立たない。突然でパニックになってしまったのもあるけれど、堂島と洞木のキスは全然違ったのだから。

まるで杏奈を欲するような堂島の情熱的なキスと違って、洞木のキスは巧みだ。杏奈の感じるところを探るように舌先でくすぐったり、彼女の舌を甘嚙みしたり、性的に楽しんでいる。

ようやく唇を解放されたとき、杏奈の首筋には鳥肌が立っていた。それがキスの刺激によるものなのか、嫌悪からなのかは、分からない。

困惑の表情を隠すことも出来ずにいる杏奈に、洞木は肩を竦めて笑った。

「自分から『遊んでくれ』って言ったくせに、なんて顔してんのさ」

「あ、あの……お、驚いちゃって。だって、まさか、会社でこんなことするなんて……」

気合いだけで口角を上げ、必死に言い訳を取り繕う。予想外に突然始まってしまったけれど、これは色仕掛けの任務中なのだからしっかりしなくては、と自分に言い聞かせて。

「刺激的だろ？　それにこう見えても忙しいんでね。のんびり仕事後にデートに誘ってベッドに連れ込んでる暇もないいんだ」

洞木の言葉を聞いて、杏奈はひそかに息を呑む。やはり彼は今ここで自分を抱くつもりだ。

洞木は女性を都合のいい性欲処理にしか見ていないタイプのようだ。それとも『色気を感じない』杏奈を軽んじて扱ってるだけだろうか。どちらにしろ昼休みの会社で行為に及ぶなど、相手の都合や気持ちなど汲む気などないらしい。

それは異性に疎い杏奈にも、ヒシヒシと伝わることだった。

「さてと、じゃあさっそく子猫ちゃんの味見をさせてもらおうかな」

洞木はソファーに座ったまま自分の足の上に杏奈を乗せた。彼の腰に跨る形にさせられて、スカートが腿まで捲れあがってしまった。

「きゃ……！　や、あの……！」

「なんだ、ストッキングか。今度からガーターベルトにするといいよ。こういうとき便利だから」

はしたなく捲れたスカートを必死で押さえようとしているのに、洞木の手は気にもせず太腿を撫でていく。

彼の手がなまめかしく太腿を撫でさするたび、杏奈の心に恐怖と嫌悪が湧いていった。

——こ、怖がってちゃ駄目。これはチャンスなんだから。頑張って常務を骨抜きにしないと……！

何度も頭でそう言い聞かせても、逃げ出したくてたまらない。あんなに堂島に〝協力〟してもらったはずなのに。堂島の手と洞木の手が与えるものは全然違った。

洞木の手が身体にふれるたび、堂島の優しい手を思い出す。長くて無骨な指、温かい手の平。愛でるようにふれて、撫でてくれた、大好きな手のことを。

——どうしよう……私……、常務に抱かれるの、すごく嫌だ……。

もう作り笑いをすることも出来なくて奥歯を噛みしめて俯いたとき、洞木の手が頭を抱き寄せてもう一度唇を重ねてきた。

さっきと同じ、性的で巧みなキス。下着が露わになるほどスカートを捲りあげられ、内腿を撫でながら口腔を嬲られる。

手馴れている洞木は、腿と口腔の刺激を上手く結びつける。上顎を舌でくすぐられながら脚の付け根を指で辿られると、ゾクリと全身に震えが走った。

杏奈の太腿がビクリと震えたのを感じ、洞木は指を下肢の中央まで辿らせようとして……やめた。

頭を押さえていた手もゆるめ、彼女の唇も解放する。

「……何を企んで『遊んで』欲しかったのか知らないけど、覚悟が足りないんじゃない？子猫ちゃん」

呆れたように言葉を吐く洞木の瞳に映るのは、ボロボロと涙を零している杏奈の顔だ。

「ち……違うんです……あの……」

人生を賭けると決心した〝復讐〟のはずだったのに、どうしても嫌悪に堪えきれなかっ

た。以前は処女を奪われても構わないとすら思っていたのに――堂島の手を思い出してしまったら、心がもたなかった。

このままでは〝復讐〟が大失敗に終わると焦り、杏奈は涙を手で拭いながら何とか取り繕おうと必死になる。

「ごめんなさい、私、花粉症で。花瓶の花に反応したのかな、あはは。すみません、気にしないで続きしましょう」

腕を伸ばし洞木の首に絡みつこうとしたけれど、彼の手に押し返されてしまった。そのまま脚からも降ろされ、ソファーの上に戻される。

「萎えるほど嘘が下手だね。それに俺、快楽主義だから泣いてる女とはやりたくないの」

こんなときでもやっぱり嘘くさい笑顔を崩さないまま、洞木は諭すように言った。

呆れられ、拒まれてしまった。作戦は大失敗だったと目の前が真っ暗になる。

洞木はテーブルの上のカフェボックスや飲み物を取ると、それを杏奈の手に押し付けるように渡した。

「俺に抱かれるのが嫌で泣いてる女を慰めてやるほど、俺は優しくもないし暇でもないから」

それはつまり、ここから出ていけということだ。呆然としている杏奈を立ち上がらせ、洞木は常務室のドアを開けた。

愕然とした表情のままフラフラとした足取りで部屋から出ようとすると。

「面白くなかったって、堂島に伝えときな」

洞木は最後にそんなことを告げてから、扉を閉めた。

最後に洞木が言った言葉の意味は分からなかったけれど、どちらにしろ作戦は大失敗に終わってしまった。

あまりのショックに、杏奈は洞木から受け取ったカフェボックスを胸に抱きながら、魂の抜けたような表情で商品部のフロアへと戻ってきた。

ほとんどの社員が昼食をとりに食堂や外へ行ってしまっていて、フロアは閑散としている。今さら食事をする気にもなれず席に座って呆然としていると、廊下から数人の足音と声が聞こえた。

「あれ、珍しく早く戻ってきてるな。いっつも昼休みギリギリまで帰ってこないお前が」

入ってきたのは堂島と、一緒に昼食をとっていたらしい数人だった。杏奈がデスクに戻ってきているのを見つけて、堂島が声をかけながら近付いてくる。

「そういえばお前、昼食のあとそのまま営業行くって言ってなかったか？　アポイント忘れて――」

杏奈の席の前まで来た堂島が、その顔を見て口を噤んだ。朗らかだった表情がいきなり険しくなる。

「……ちょっと来い」

そう告げた声は周囲に聞こえないほど小さかったけれど、明らかに怒りの色を孕(はら)んでいて低かった。

無言でフロアから出ていく堂島を、杏奈は少し間を空けてからついて行く。

廊下を歩き誰もいない小会議室へ入ると、堂島は扉の鍵をしめてから向かい合った。

「誰と、何をしてきた」

冷静で、けれど厳しい声色だった。まだショックから立ち直れていないうえに、いきなり問い質されて、杏奈は呆然としたまま堂島を見つめる。

そんな彼女を焦燥と苛立ちの混じった表情で見ながら、堂島は手を伸ばし指先で頬にふれてくる。

明らかに泣いたことが分かる腫れた目もと。頬に残る涙のあと。それを指でなぞってから、口紅の剝げている唇にふれた。

「……常務のところへ行ったのか？」

どうして分かってしまったんだろうと、上手く回らない頭で考えながら杏奈は小さく頷いた。色仕掛けを実践したことを堂島には知られたくなかったけれど、今はそれを上手に隠せる自信がない。

すると、堂島の手がとつぜん肩を摑み強く壁に押し付けてきた。

「痛っ……！」

「どうして俺に黙って行った！」

声を荒げられて、杏奈が驚いて目を剝く。こんなに激高した彼を見るのは初めてだった。

堂島はきつく彼女を見据え、逃げることを許さないように肩を摑んでいる手に力を籠めた。明らかに怒っている彼のようすに、心が弱っている杏奈はどうしていいか分からず、ただ悲しくなってしまう。

「なんで……なんで怒るんですかあ……。堂島さんには関係ないのに……っ」

〝復讐〟は失敗し、堂島には怒られて、杏奈はついにポロポロと泣き出してしまった。

それを見た堂島は驚いて表情を歪めたあと、さらに語気を強めて彼女を責めた。

「関係なくない！　いいから言え、常務と……あの男と何をしてきたんだ！」

『関係ない』は言いすぎたと杏奈は思う。関係ないどころか、大ありなのだから。今まで散々〝協力〟してもらい、パーティーへ連れていってもらったからこそ、洞木とも繫がりが持てたのだ。

杏奈の〝復讐〟を知るただひとりで最大の協力者、そして――〝復讐〟が失敗した最大の、原因。

「もう……私には関わらないでください……」

涙で声を詰まらせながら言った言葉に、堂島は眉尻を上げて「なんだと？」と詰め寄る。

それでも杏奈はしゃくりあげながら必死に言葉を続けた。

「堂島さんのせいです、計画が失敗しちゃったのは。私、〝復讐〟のためなら何も怖くなかったのに……堂島さんが全部滅茶苦茶にしちゃった」

「……どういう意味だ」

ずっと抑えつけていた感情が堰を切って溢れるのを、杏奈は感じた。

「堂島さんが優しくするから！　あんなに抱いたりするから！　他の男に抱かれることが出来ないぐらい、あなたを好きになっちゃったんです！　あなたが側にいると、〝復讐〟を誓った決心が崩れちゃうんです！　だからもう……邪魔しないでよ！」

自分勝手でとんだ八つ当たりだと分かっている。けれど、頭の中がグチャグチャで、吐き出さずにはいられなかった。

一気にまくし立てて、息が弾んだ。目の前の堂島の顔からは、怒りは消えていたけれど代わりに困惑が浮かんでいる。

いたたまれなくて、杏奈は逃げ出そうとした。けれど、身を翻した彼女の腕をとっさに堂島が摑んで止める。

「離して……！」

「離さない。杏奈、俺は……」

何かを伝えようとした彼の唇が、言葉を紡ぎかけて、噤まれた。

ふたりきりの部屋に、沈黙が流れる。時間の感覚が狂ってしまったみたいに、どれぐらい時が経ったのかも分からない。

ずっと腕を捕まえられたまま、先に口を開いたのは杏奈だった。

「……堂島さんは、私のことどう思ってるんですか……」

――もしも彼が、同じ想いを持ってくれていたなら。

自分の信念を変えてもいいかも知れないと、杏奈は思う。

祖父の無念を晴らすことはあきらめられないけれど、色仕掛け以外の手段を模索することも、自分に恋を許すことも、出来るかも知れないと。

それは器用に生きることが出来ない彼女にとって大きな決断で、一縷の望みでもあったのだけど――。

「……俺はお前を…………手の掛かる部下だと、思ってる」

――淡い希望は、報われなかった。

力が抜けていく腕を、摑んでいた堂島の手が離した。杏奈はそのまま顔を俯かせ、彼の姿を見ないようにする。

「……もう二度と……関わらないでください……」

弱々しくもはっきり告げた声に、今度は返事は返ってこなかった。

そして杏奈が部屋から出ていくのも、堂島はもう止めなかった。

俯いた視界には入らなかったから、彼がどんな表情をしていたかは分からない。

好きでもないのにどうしてあんなに優しかったのかも、どうして情熱的に抱いたのかも、言いかけて噤んだ言葉の先がなんだったのかも、堂島の何もかもが杏奈には分からない。

今の彼女に分かることと言えば、〝復讐〟も失敗し恋心も木端微塵に砕け散った自分には、もう何も残されていないということだけだった。

7　私の事情とチーフの秘密

翌日。杏奈は自宅アパートでひたすら泣き続けていた。

ヤケ酒を煽ったのと泣きすぎたせいで、顔は見るも無残なほどむくんでいる。今日が土曜日だったことだけが、彼女にとって幸いだ。

大泣きしては疲れて寝て、そして目が覚めたらまた泣いて。それでも、人生を賭けるほど大切な〝復讐〟が為せなかったことと、人生で初めての大失恋の痛みは、いつまでも癒えることがない。

もう今が何時なのかも分からないほど泣いていたけれど、外からＰＭ六時を知らせるチャイム放送が聞こえて、ようやく今が夕方なのだと気付いた。

「……晩ごはん……どうしよ……」

食欲なんかこれっぽっちもないけれど、考えてみたら昨日の昼からまともに食べ物を口にしていない。さすがに頭が朦朧としてきたし、酒ばかりでは身体に悪い気がして、杏奈はフラフラとキッチンへ向かった。

ある物で適当にサンドイッチでも作ろうと思い、冷蔵庫から材料を取り出す。けれど、卵を手にしたとき、また涙が込み上げてきてしまった。

——堂島さん、出し巻き玉子好きだったな……。

そんな思い出がよぎってしまい止まらなくなる。たった一週間前までは、堂島の家のキッチンにこうして立って、幸せな気分で彼に食事を作ってあげていたというのに。

杏奈が料理を少しぐらい失敗しても彼は『大丈夫、美味いって』と笑って、本当に美味しそうに食べ尽くしてくれた。さすがに塩と砂糖を間違えたスープを作ったときには、目をまん丸くして驚いていたけど。

「うぇぇぇ〜ん、堂島さぁぁんん〜〜」

楽しかった思い出が眩しすぎて、胸が張り裂けそうになる。

「ふたりきりで会いたいよう、ご飯作ってあげたいよう、もっと抱かれたいよお〜」

大声でおいおいと泣きながら、その場にへたり込んでしまった。彼と過ごした甘い時間を思い出すたび、最後に浮かぶのは昨日の言葉だ。

『……俺はお前を………手の掛かる部下だと、思ってる』

好きだと吐露した杏奈を、女として拒絶した言葉。それが大きな矢のように胸に突き刺さったまま抜けなくて、痛くて苦しくて息が止まりそうになる。

初めて失恋というものを知った杏奈には、もはや手に負えない。忘れ方も癒し方も分からないから、泣くことしか出来ない。だから杏奈は泣き続ける。

けれど。堂島を思い出して泣いている間、自分が〝復讐〟のことを忘れていることには、まだ気付いていない。

テーブルに置いたスマートフォンが着信を知らせたとき、杏奈は悲しくも胸を高鳴らせてしまった。

泣いていた顔をパッと上げ、ドタドタと転げるようにテーブルまで走る。けれど画面に表示されていた名前は、彼女が期待していたものではなかった。

『もしもし、杏奈？　あのさ、もし今日暇だったら一緒にご飯行かない？』

通話ボタンを押して聞こえてきた声は、よく知った友人の声だ。堂島ではなかったことに一瞬落胆してしまって反省する。

「萌衣……私、今日は無理……」

とても外に出られる顔ではないと断ろうとすると。

『えっ、杏奈？　何その声？　具合でも悪いの？』

あまりに泣きすぎて掠（かす）れてしまった声に、萌衣が電話の向こうで驚いた声をあげた。

「違うの、具合が悪いんじゃなくて……その……」

『何かつらいことでもあった？　言ってごらん』

萌衣との付き合いも四年近くになる。杏奈のようすがおかしいことぐらい、冷静な彼女には電話でだってお見通しだ。

「……ぅう〜〜、萌衣〜〜、私、失恋しちゃったよお〜」

弱っていることを見抜かれて、甘えた気持ちが湧いてしまった。電話口で号泣してしまった杏奈に、萌衣は即答する。

『待ってて、今そっち向かうから。どうせその分じゃろくにご飯も食べてないんでしょ。何か買っていくから、いい子で待ってな』

持つべきものはしっかり者の友達だ、と杏奈はつくづく思う。

隣町に住む萌衣は約束通り、デパ地下のお弁当を買って杏奈のアパートへすぐに駆けつけてくれた。

「うわ、ひっどい顔。いくら週末だからってあんまり泣きすぎると、月曜までに目の腫れ引かないよ」

そう言って濡らしたタオルで瞼を冷やしてくれた彼女の手際の良さに、心から感謝した。

萌衣は部屋に散乱していたチューハイの缶とワインボトルを片づけ、お弁当と一緒に温かいお茶を用意してから、杏奈と向かい合う。

「まずは食べなよ。人間、お腹が減ると余計に心が弱っちゃうもんだよ」

友人の温かさに感激しながら、杏奈は涙目になってお弁当を口に運んだ。萌衣の言う通りお腹が膨れると少し目の前が明るくなった気がする。最後に温かいお茶を飲んで、気持ちを落ち着かせてから改まって口を開いた。

「ありがとう、萌衣。あのね、私……好きな人に振られちゃったんだ……」

萌衣はダイニングテーブルを挟んだ向かいの席でそれを聞き、小さく頷いてから問いを返す。

「それって、例の処女を捧げた相手？」

「うん……」

萌衣が一瞬何かを言おうとして口を噤んだ。せっかくアドバイスしたのに、まんまと泣くはめになった友人を叱りたいのだろう。けれどその気持ちを抑え、聞き役に徹してくれようとしている萌衣に、杏奈は感謝する。

杏奈は相手の名前も、どういう関係なのかも言わなかった。ただ、彼のことが好きで好きでたまらなかったのだと、泣きながら繰り返した。

「す……すごく優しくて、大きな手で撫でてくれるのが嬉しくて……っ、ヒッ、私が顔を寄せると、ヒッ……、包むみたいに抱き寄せて撫でてくれて……すごく嬉しくて……ヒック」

「うん、うん」

何度もしゃくりあげながら、杏奈は話す。正直、支離滅裂だったり聞きづらかったりもするけれど、本当に彼が好きだったことだけは萌衣にも痛いほど伝わった。

けれど、話を聞く限り杏奈と男の関係は普通の恋人にしか思えない。それも、ずいぶんと愛されていたように聞こえるけれど、何故その男が頑なに恋人になることを拒否したのだろうと不思議に思った萌衣が、もしかして奥さんのいる相手だったのかと尋ねたけれど、杏奈はとんでもないと首を横に振った。

「……どうして私じゃ駄目だったのかなあ。好きになってもらいたかった。もっと美人になったりお洒落になったり、頑張れば良かったのかなあ……」

萌衣が聞いてくれたおかげで気持ちをたっぷりと吐き出せた杏奈は、最後に鼻をかんでからションボリとそう呟いた。

「その男がどうして杏奈を振ったのかは分からないけどさ、私は杏奈はそのままでいいと思うよ。あんたは充分可愛いし、自分らしさもちゃんと持ってる。きっと、その魅力を丸ごと受けとめてくれる人にいつか会えるよ」

優しく頼もしい友人の言葉に、また涙が滲んでくる。けれどそれは失恋の悲しいだけの涙ではなく、萌衣の気持ちが嬉しいからだ。

もう何度目かも分からない涙で瞳をウルウルさせれば、萌衣は眉尻を下げて笑いながら

「そうだ、プリンも買ってきたんだ。一緒に食べよう」と椅子から腰を上げた。そのとき。

ピンポーンと、部屋のチャイムが鳴った。

「……なんだろ？　行ってくる」

杏奈は手近なティッシュで涙を拭ってから玄関に向かう。広くないこのアパートにイン

ターフォンはない。直接玄関まで行って、ドアスコープを覗いた。

「……っ‼」

小さな魚眼レンズの向こうに見えた人物の姿に、杏奈は驚いてひっくり返りそうになる。けれど、ドアを開くのをためらう感情は一切なかった。萌衣がダイニングにいることも刹那忘れて、名前を呼びながら思い切りドアを開く。

「堂島さん……‼」

外し忘れたチェーンがビンッと張って、一瞬手を痛めた。焦りすぎてなかなかチェーンを外せないのがもどかしい。

そうして、ようやく大きく開いたドアの向こうの人物と対面が出来た。

「堂島さん！」

「……急に来てごめん。連絡したんだけど、全然出ないからちょっと心配になって」

ネイビーのレイヤードカットソーに黒のストレートパンツを合わせた堂島の姿は、たった一日ぶりだというのにものすごく懐かしく感じた。

自分から『関わらないで』と突き放したのも忘れるほど、彼に会えたことが嬉しくて嬉しくて胸が歓喜に震える。

「……杏奈、聞いてるか？」

つい言葉もなく見つめてしまっていて、声を掛けられ慌てて我に返った。

「え？　す、すみません！　えっと連絡？　あ……萌衣と喋っててスマホ放ったらかしてた……」

「ああ、それなら別にいいんだけど」

いつもの杏奈と変わらぬおっちょこちょいなようすに、堂島が苦笑を零す。その笑顔は今でも胸を締めつけて、泣きたくなるほど苦しい。

「杏奈」

後ろから声を掛けられて振り向くと、萌衣が玄関で靴を履いていた。

「帰るね。プリン、堂島チーフと一緒に食べな」

萌衣に微笑んで言われ、杏奈はまたしても秘密をあっさり露呈してしまったことに気が付いた。こんな状況を見られて、もう言い訳も誤魔化しも出来ようがない。

「失礼します、堂島チーフ」

「ん、ああ」

横をすり抜けながら挨拶をしていった萌衣に、堂島もわずかに動揺を見せる。まさか杏奈の部屋に先客がいたなどと思わなかったのだろう。

参ったなと言わんばかりの表情を浮かべ、堂島は無言のまま頭を掻いた。沈黙が出来てしまったことで、杏奈も何を話せばいいのか分からず黙ってしまう。

「……話したいことがあって来た。聞いてもらえるか？」

沈黙を先に破ったのは堂島だった。杏奈はコクコクと頷くと部屋の中へ彼を招き入れた。

「おじゃまします」と玄関を上がった堂島を見て、なんだか胸がドキドキしてしまう。いつも向こうのマンションにばかり行っていたから、彼がこの部屋に入るのは初めてだ。

「散らかってますけど、どうぞ……」

堂島を部屋へ案内し、コンパクトソファーへ腰を下ろすよう勧めた。昨日からショックで泣いてばかりいたせいで、部屋があまり片付いていない。気まずく思いながらも、さっき萌衣がチューハイの缶やワインボトルを片づけておいてくれたことに心底感謝した。

ミニテーブルを挟んで杏奈が腰を下ろしたのはソファーとお揃いのオットマンだ。コンパクトソファーもオットマンもクラシカルレザーのとても上質なものだけど、どうやら彼女の給料ではソファーをセットで揃えるのは難しかったのだろうと堂島は予測した。それがなんとも杏奈らしいと、心でこっそり笑う。

杏奈のアパートはモダンだけど、家賃が高くないことは建物を見ただけでわかった。〈ファニチャースマイル〉はそれなりの大手企業だ。まだまだ新人の域を出ないとはいえ、杏奈の給料でも、もう少しいい所に住めるだろう。

けれど、何故そうしないのかもまた、部屋を見れば一目瞭然だった。

大事に大事に使っているのが分かる、英国トラディショナルの家具の数々。どれも素材も作りも一級品だ。トラディショナル系の家具はただでさえ値が張る。これだけ質のいいものを揃えたなら、家賃にまでお金を掛けられなくて当然だ。

ソファーもテーブルもダイニングテーブルセットも、シェルフもラグも、ライトなどの雑貨まで。コツコツとお金を貯めて、選びに選び抜いて揃えていったのだろう。

初めて訪れた杏奈の部屋は、小さいながらも彼女の城だった。広いとは言い難い空間を、歴史と伝統を感じさせる重厚で温かみあるインテリアに染めて。家具が好きでたまらない気持ちが溢れている。

「……センスのいい部屋だな。お前らしい」

部屋を見回しながら堂島が言えば、杏奈は照れくさそうに顔をほころばせた。

「そんな。堂島さんのお部屋には負けますよ」

仕事でもプライベートでも、家具を誉められると彼女は本当にいい顔で笑う。

「杏奈は、本当に家具が好きなんだな」

正面からまっすぐな視線を送りながら堂島が呟いた言葉に、杏奈は「はい」と素直に頷く。

「やっぱり……お祖父さんの影響なのか？」

その問いにも素直に頷いた杏奈はオットマンから立ち上がると、シェルフに飾ってある小物入れを持って、堂島に差し出して見せた。

「これは？」

「おじいちゃんの形見です。私が子供の頃、作ってくれたの」

杏奈がそれを、とても大切に長年扱っていたことは容易く伝わった。何度も手に取り、汚れれば磨き、軋めば油を差し。使い込まれたからこそ出るオークの艶の深みは、人と家具の正しい関係の縮図のようだ。

「おじいちゃんが全部教えてくれたんです。人と共に歴史を歩んできた家具がどれほど奥深く素晴らしいかを。私、子供の頃おじいちゃんの工房で英国トラディショナルの家具に囲まれて、色んな空想してたんですよ。遠い国のお姫様もこんなベッドで寝ていたのかなとか、アリスのティーパーティーや秘密の花園のお屋敷にも、こんなテーブルや椅子が使われてたのかなって。すごいですよね、作られた時代も国も全然違うのに同じ息吹を感じられる。だから私、おじいちゃんみたいに技術と伝統を継承してきた家具職人を本当に尊敬してるんです」

堂島を前につい熱く語ってしまってから、杏奈はハッとした。彼に家具への情熱を熱弁したことは何度もあるけれど、今はそんな状況ではなかったのだ。昨日、自分を振った男がわざわざ話をしにきたのに、こんなことを語っている場合じゃない。

「す、すみません。勝手にベラベラ喋っちゃって……」

恐縮して杏奈が肩を竦めると、堂島はクスッと笑って楽しそうに目を細めた。

「いいよ。お前の家具への熱い語り、俺は好きだから」

そんなことを言われると嬉しくて、逆につらくなってしまう。捨てなくてはいけない恋が、心に爪をたててしがみついてしまうではないか。

「……あの、私、お茶淹れてきますね。すみません、なんのおもてなしもしてなくて」

なんだか堂島と向き合っていられず、席を立とうとする。けれど、すかさず「杏奈」と呼び止められてしまった。

「話したいことがある、聞いてくれ」

まっすぐに見つめて言われ、席に戻らざるを得なかった。胸が緊張で煩く鳴る。

もうはっきり振られたというのに、今さら何を話すのだろうか。想像もつかなくて不安と淡い期待が混ぜこぜになる。すると。

「俺は……お前に謝らなくちゃいけない」

意外な台詞を聞いて、杏奈は目をしばたたかせた。

「私に……ですか？」

尋ねた杏奈に、堂島は静かに頷いた。そして「……じつは」と口火を切ったとき、電子音が鳴り響いた。

鳴ったのは堂島のスマートフォンだった。ポケットからそれを取り出した彼は画面を見て忌々しそうに眉を顰（ひそ）めると、そのまま電源を切る。

「いいんですか？　出なくて」

「今はいい」

心配して聞いた杏奈に、焦れるような口調で返しながら堂島はスマートフォンをポケットへ捻じ込んだ。

けれど、まるで入れ替わりのようなタイミングで今度は杏奈のスマートフォンが鳴る。

堂島が早く会話したがっていることがひしひしと伝わってくるので、着信に出るべきか迷ったけれど、杏奈は画面を確認すると目を見開いて通話ボタンをタッチした。

『お、ちゃんと出たね、子猫ちゃん。エライ、エライ』

「じょ、常務！」

驚いたことに、杏奈の携帯を鳴らしたのは洞木だった。

色仕掛けが大失敗して、二度と洞木から連絡は来ないかと思っていた。もう〝復讐〟のチャンスは潰えたとばかり思っていたのに、まさかの彼からの連絡に驚きと共に希望が湧いてくる。

「あの、先日は大変失礼しました……！　もう二度と泣いたりしませんから、その」

なんとか昨日の失敗を挽回出来ないものかと、杏奈は必死になる。けれど電話の向こうの洞木は飄々としたものだった。

『うん、それはもういいから。それよりさ、もしかして今、堂島と一緒？』

「えっ？　は……いえ…あの…」

『あー、やっぱり。あんた、本当に嘘が下手だね。今って、あんたの部屋？　確か南品川って言ってたっけ？』

「はい、ていうか、なんで…」

『分かった。今から行くからそいつ逃がさないでおいてね』

「ええっ⁉」

どういうことなのかまったく意味が分からないまま、通話は切れた。ツーツーと不通音が鳴るスマホを見つめたまま、杏奈は唖然としてしまう。

——な、なんで堂島さんに？　それに、どうして堂島さんが私といるって分かったんだろ？

「ねえ堂島さん、今——」

頭を混乱させながら振り返ったときだった。ソファーから立ち上がっていた堂島がいきなり手首を強く摑んできた。

「今の電話……常務か？」

杏奈の手を摑みあげる堂島の表情が険しい。昨日、感情を露わにしたときの彼を思い出し、胸が不穏に鳴った。

「そう……です。今から——」

『堂島さんに会いに来るみたいですよ』、そう説明する前に、摑んでいた手に力を籠められい。

「痛っ……！」

持っていたスマホがラグの上に落ちる。杏奈が痛みに顔をゆがめても、力は緩められなた。

「もうやめろ！　あんな男と会うんじゃない！　二度と連絡も取るな！」

昨日と同じだ。洞木と接触したことを、堂島は強く非難する。

けれど今日は、さすがに納得がいかない。堂島は昨日はっきりと杏奈を振ったのだ。そんな男に頭ごなしに咎められる筋合いはない。

「どうしてですか⁉　堂島さん、私にとって〝復讐〟がどれだけ大事か知ってるくせに、どうしてやめろだなんて言えるんですか⁉」

思わず反発をすれば、堂島は一瞬戸惑いの表情を見せて口を噤む。そして、摑んでいた手を離して言った。

「……復讐なんて、意味がない。だからもう常務に抱かれようなんて思うな」

その台詞を聞いた杏奈の感情のメーターが振り切れる。

杏奈は力任せに目の前の堂島の身体を突き飛ばした。女の細腕で倒れるようなことはないけれど、その迫力に気圧されて堂島は数歩後ろに下がった。

「堂島さんにそんなこと言う権利ない‼　誰にもない‼　この復讐に意味があるかどうか

は私が決めるんだから！　これ以上私の邪魔するなら帰って！　もう堂島さんの顔なんか見たくない！」

「落ち着け、話を聞け」

宥めようと伸ばしてきた彼の手を、杏奈は思い切り振り払う。唯一〝復讐〟のことを知り、理解してくれた堂島だからこそ、意味がないなどと言ったことが許せなかった。

「さわらないで！　私のこと好きでもないくせに勝手なことばっかり言って、堂島さんなんか大っ嫌い！　大っ嫌い!!」

手が付けられないほど激高した杏奈を、堂島は力任せに抱きしめた。腕の中でジタバタともがく身体を、抑えるように包むように抱きしめる。

「……っ、好きでもない訳ないだろ！　好きだからこんなに必死なんだ！　好きだから常務に抱かせたくなくて言ってるんだよ！」

切羽詰まったように吐き出した堂島の言葉に、腕の中の杏奈が一瞬大人しくなった。固まったように動かなかったけれど、少し経つとまた腕から抜け出そうともがきだす。

「嘘ばっかり！　そうやって私を止めようとしても無駄なんだからっ！」

「嘘じゃない！」

反発をやめない彼女に、堂島は無理やりキスをした。さすがに驚いた杏奈の動きが止まる。

「嘘じゃない。絶対あいつになんか抱かせない。お前が俺を嫌いになろうと、絶対他の男になんか抱かせない……！」

　唇を離して告げた堂島の瞳は、その場凌ぎの嘘を言っているようには見えなかった。それどころか、いつもより杏奈を乞う情熱が色濃く滲んでいる。

「う、んんっ……！　やっ……ん、離し、て……っ！」

　もう一度強く唇を重ねられて、杏奈は抵抗しようと彼の胸板を手で押した。けれど、貪るようなキスが悔しいぐらいに怒りも意地も溶かしてしまう。

　初めてのときから何度も何度も、杏奈にときめきを教えてきたキス。甘くて切ない気持ちはすっかり身体にインプットされていて、キスを合図に溢れ出すようになってしまった。

「俺を憎んでもいい、嫌ってもいい。けど……他の男には指一本触れさせたくない」

　キスの合間に囁かれた言葉が、上手に理解出来ない。激しく口腔をねぶられて、頭が熱くなってしまったせいだろうか。

　——そんなこと言うなんて、堂島さんは本当に私が好きなの？　じゃあ昨日は何であんなこと言ったの？　憎んでもいいってどういうこと？　それほど私の〝復讐〟を止めたいの？　……ああ、もう。なんにも分かんない。堂島さんのこと、全然分かんないよ。

　逃がさないように強く抱きしめていた堂島の手が、そのまま下へ降りて杏奈の腰をさする。くすぐったさに身体をビクリと跳ねさせれば、手はなまめかしく腰からお尻のラインを撫でていった。

「や……っ、待って、駄目」

杏奈の制止も聞かず、手はワンピースの裾を捲っていく。部屋着だからと油断していて、ワンピースの下はストッキングもなく下着しかつけていない。後ろから捲り上げられて、素肌の太腿とショーツが無防備に露わにされてしまった。

「やめて……っ、堂島さんっ……！」

煌々と電気のついた明るい部屋で、立ったままこんなことをされるなんて。恥ずかしさに耐えきれず、杏奈は身を捩って逃げようとする。けれど、もう片方の手がしっかり背に回されていてほどけない。

後ろからショーツに手を差し入れられて、驚きで身体が固まる。お尻の丸みを大きな手が包むように撫で、柔肉に指をうずめるように摑んだ。

「やだ、ぁ……」

手から逃れようと背を反らせば、自然と堂島の胸板に身体を押し付けてしまう形になる。彼の体温が服越しに伝わってきて、ますます身動きが取れなくなってしまった。

堂島をずるいと、杏奈は思う。ときめきも快楽も、教え込んだのはみんな堂島だ。傷付けられたって、理不尽なことを言われたって、こうして腕に閉じ込められて唇を重ねられれば切ないほどの幸福に満たされてしまう。抗ったところで杏奈に勝ち目なんかない。

「堂島さんの、馬鹿ぁ……っ」

身体をまさぐられながら繰り返しキスをされれば、思考が溶けて不能になる。もはや陳腐な罵倒しか出てこなくなった杏奈の唇を堂島はキスで塞ぎ、お尻の割れ目の間に指を運ばせた。

「んん……っ！　ぅん……っ」

ゾクリとしたくすぐったさが背筋を駆け昇る。下半身を捩って抵抗しようとする動きが、逆に彼の指を招くようななまめかしいものになってしまう。それに導かれるように無骨な指は割れ目を下になぞっていき、杏奈の窄まりにふれた。

ありえない場所を、好きな人の指が撫でている。その衝撃に杏奈の頭が一瞬真っ白になった。

小さく円を描くように、男の硬い指先が動く。総毛立つような冷たい熱を感じたのは、身体の快楽なのか、背徳の愉悦なのか、分からない。

「ひ……、やだ……やだ、ぁ……」

秘所以上に知られたくない場所かもしれない。そんな所を弄られている羞恥と背徳で、杏奈は声を引きつらせながら身体を強張らせた。

「駄目、お願い……、許して……」

顔を真っ赤にさせながら、羞恥に耐えるように堂島の身体にしがみついた。彼の服をギュッとにぎりしめる。

「……そんな声出されると、奪いたくなる」

熱っぽく呟いた堂島の台詞に、杏奈は驚き涙目になって顔を見上げた。じっと見つめてくる彼の瞳には、情欲と嗜虐と独占欲の色が浮かんでいる。

「堂島さん……」

呼びかける声には怯えもあったかもしれない。あまりに彼が雄の眼差しをするものだから。

許しを請うように見上げ声を震わせた杏奈に、堂島は昂ぶった劣情を持て余すようにハァっと短く息を吐き出した。そしてもう片方の手も後ろからショーツの中に差し込み、蜜に濡れた襞へと指を埋める。

「ひゃ、あんっ」

後ろと前を同時に弄られ、杏奈の背が弓なりに反った。無骨な指は欲に煽られるように、激しく動く。クチュクチュと音をたてながら襞を掻き乱し、いきなり二本の指を蜜口へ挿し込んでくる。窄まりを弄る指にも蜜を纏わせ、快感を引き出すようになまめかしく擦った。

「あっ、あっ、や、やだぁ……っ」

こんなことをしている場所も、姿勢も、さわられている部分も、何もかもが常識外だ。

経験の浅い杏奈には今の自分たちがとんでもなくアブノーマルに思えてくる。

拒みたいのにそれが出来ないほど身体が熱いのは、間違いなく堂島のせいだ。はしたなく乱れてしまう杏奈の顔を射抜くように見つめる彼の視線が、異常な行為に対する羞恥も嫌悪もみんな甘い刺激に変えてしまう。

「見ないでぇ……っ」

こんなことをされて感じてしまっている姿など見られたくないのに、下肢の奥からは内腿を伝うほどに蜜が溢れてくる。

ジュブジュブと音をたてながら二本の指が抽挿を繰り返し、中を押し広げるように掻き回していく。窄まりの浅い部分にまで指を差し入れられ、腰から下がくずおれそうなほど杏奈は愉悦を感じてしまった。

「やだ、ぁ……っ、堂島、さ……ん……っ」

涙目で堂島の胸にしがみつきながら喘ぐ杏奈に、深いキスが落とされた。口腔をねぶられながら蜜壺を攻められると、身体が一気に高みへ昇りつめてしまう。

「ふ……、んっ……んんー……っ！」

息も出来ないほど激しく唇を塞がれながら、杏奈は達してしまった。指を差し込まれたままの隘路がビクビクと収縮し、滴るほどの愛液がショーツを濡らす。

唇を解放されハァハァと息を継ぐ杏奈の身体を支えながら、堂島は蜜口の指を抜くとそのまま彼女のショーツを下げた。そして壁に手を付かせると、後ろへと回り込む。

「堂島さん……？」

絶頂の余韻で朦朧とする頭で彼にされるがままの姿勢になっていると、後ろからベルトのバックルを外す金属音が聞こえた。

えっ？　と思った杏奈の腰を堂島の手ががっしりと掴み、そして。

「やっ……うそっ⁉　あああっ‼」

大きく滾(たぎ)った剛直が、後ろから一気に貫いてきた。

絶頂の余韻で敏感になっている隘路を勢いよく抉られ、杏奈は軽く達してしまった。下腹の奥が快感に引きつり、キュンキュンと堂島の肉茎を締めつける。

「は……あ、……ああ……っ……」

「またイッたのか。いつもよりずいぶん興奮してるな。……ベッドより、こういう方が好きなのか？」

「ち、がう……んんっ」

辱められてとっさに首を横に振ったけれど、軽く腰を揺さぶられただけで脚がガクガクするほどの快感を覚えてしまった。

「あっ、ああっ、は、あぁっ」

初めて経験する体勢での抽挿に、いつもと違う肉壁が擦られて新しい快感を生み出して

いく。剛直が動くたびに、身体の奥にズンと重い刺激が響いた。

「杏奈」

くの字型になって壁に手を付く杏奈の上体に、背に被さるように抱きしめながら堂島が囁く。彼の息も乱れていて、言葉を紡ぐたびに首筋に熱い吐息が掛かった。

「酷い男で……ごめん」

三回目の高みに昇らされている彼女には、その意味が理解出来なかった。耳には届いていても、言葉が思考まで届かない。

「あ……ああーっ……!!」

全身を大きくわななかせ、三度目の絶頂の波に呑まれた。今度の波は大きく、瞼の裏が真白くなったかと思うと、そのまま意識が遠くなっていく。

堂島が「く……っ」と短く喘ぎ剛直を引き抜いてから尻の上に吐精したのを、杏奈は熱く肌で感じながら瞼を閉じていった。

泣きすぎて憔悴（しょうすい）していた身体に、三度の絶頂は負担が大きすぎた。堂島の腕に抱えられながら全身を脱力させ、深い眠りに落ちそうになる。朦朧とした杏奈の頭を覚ましたのは、部屋に響いたインターフォンの音だった。

「あ……常務かも……」

「え？」

電話で来ると言っていたことをすっかり忘れていた。杏奈は気怠い身体を起こし、慌てて身支度を整える。

「さっき電話で、うちへ来るって言ってたんですよ。でも、私にじゃなくて堂島さんを探してたみたいですよ」

そう説明しながら玄関へ向かって行った杏奈を、堂島はサッと顔色を変えると「待て！出るな！」と止めた。

けれど間一髪遅く、玄関の施錠が解かれる。

安価なアパートらしく軽い扉の開く音。そしてその扉の向こうにいたのは、杏奈の予想通りの男だった。

「こんにちは、子猫ちゃん。庶民的なアパートに住んでるねえ」

今日もスーツ姿の洞木は相変わらずの飄々とした笑顔を見せる。そして杏奈の承諾も取らず、躊躇(ちゅうちょ)も見せずに玄関に一歩足を踏み入れると、廊下の奥に立つ人物に目を留めた。

「あー、いたいた。やっぱ女のとこに逃げ込んでたんだ」

堂島を見つけて洞木が皮肉げに笑う。対して堂島は忌々しげな表情を浮かべてみせた。

「ここはお前の来るところじゃない。話ならあとで聞くからすぐに帰れ」

ふたりのようすが、杏奈にはさっぱり分からない。ただの常務とチーフという関係には到底見えない会話に、困惑しながら立ち尽くすばかりだ。けれど。

「帰れだあ？　ふざけるな、勝手に会社を辞めるなんて言い出したあげく音信不通になりやがって。親父がどんだけ怒ってると思ってんだ。おかげで俺がこうやってお前を探す羽目になってるんだぞ」

珍しく苛立ちをあらわにした洞木が放った言葉に、杏奈は衝撃を受けずにはいられなかった。

「ど、堂島さん！　会社辞めるって……どういうことですか⁉」

たまらず話に割って入ってしまえば、堂島が眉を顰めて唇を噛む。何も言葉を発さない彼に、洞木がフンと鼻を鳴らしてから口を開いた。

「今さら尻尾巻いて逃げるなんて、出来ないって自分でも分かってんだろ。もう上層部の連中はお前のためのポスト用意して待ってるんだからな」

「……それについてはあとで俺が直々に詫びに行く。責任は取るつもりだ」

「甘えたこと言ってるんじゃねえよ。お前が洞木の次男である以上、経営陣の椅子に座るしか責任を取る方法はないんだよ」

——え……？

ふたりの会話に耳を疑う言葉が聞こえて、杏奈は目をしばたたかせた。

「洞木の……次男……？」

不思議そうに繰り返せば、堂島が「杏奈、俺は……！」と何かを言いかける。けれどそれより早く、洞木が口を開いた。

「なんだよ、子猫ちゃん知らなかったのか？　こいつ俺の弟で、数年後には副社長として〈ファニチャースマイル〉の経営陣の仲間入りだぞ」

「……弟……………？」

にわかには信じられない言葉を、頭の中で何回も繰り返す。

――堂島さんが……洞木社長の次男で、常務の弟……？

そんな突飛なことを聞かされても本当だとは思えない。杏奈は驚愕の表情を浮かべたまま恐る恐ると堂島の方を振り向いた。

廊下の奥に立つ彼は、苦痛に耐えるような顔をして視線を逸らしている。強く握りしめているこぶしが、震えているように見えた。

「……杏奈。……お前が〝復讐〟するべき相手は、社長でも常務でもない。…………俺なんだ」

苦しげに告げられた声が、現実感を奪う。まるで悪い夢が始まったみたいで呆然と立ち尽くす杏奈の瞳に映ったのは。

『ごめん』

そう音もなく呟いた、堂島の唇だった。

8　堂島雄基の恋

――ああ、俺。この女がすごく好きなんだな。

　堂島雄基が辻杏奈に対してそんな恋情を抱くようになったのは、今から二年前の出来事がきっかけだった。

　それまで彼女はただの部下のひとりにすぎなかった。仕事への情熱は人一倍あるけれど、どうもそれが空回りしている。明るくていい子だとは思うけれど、特に女としては見ていない。ごく普通に、上司が部下に抱く程度の認識だった。

　それが一変したのは、彼がチーフになって一年と少しが過ぎた五月のこと。

「堂島さん……どうか、どうかお願いします」

「却下」

　この日も杏奈はバイヤーチーフである堂島の『アジアンモダン』のオーダーを無視し、『カントリー風アーリーアメリカン』のリビングセットのサンプル画像を提出してきた。

　バタフライテーブルとウィンザーチェア、それにカップボードとキャビネットの四点セットは、メープル材の持つ温みと木目の美しさが調和され見事な逸品だった。特に新品でありながら使い込んだような重厚なアンティーク感は素晴らしく、職人の腕の良さと情熱が窺えた。国内産としては近年稀にみる良質なカントリー系ファニチャーといえる。けれど、今会社が欲しいニーズとは大きくずれている。

カジュアルで値段も安価なアジアンモダンは、広い年齢層に安定した人気を博している。特にこれからの季節は涼しげなシアーカーテンやバンブーのラグなどの売れ行きが大幅に見込めるはずだ。

「辻がいい家具を発掘する才能があることは、もうよく分かってるから。だからその才能をちゃんと仕事に向けてくれ。お前が発掘してくるべき家具は、手軽にリゾート感が味えるアジアン系モダンだ」

パソコンのモニターに映る画像を閉じれば、杏奈は心の底からガッカリした表情を浮かべた。まるで楽しみにしていた遠足に行けなくなった子供のようなその落胆の顔を、堂島は少しずるいと思う。単純で、感情がすぐ表情に出てしまう杏奈は裏表がない。だから素直にがっかりされてしまうと、こちらの方がなんとなく罪悪感を負ってしまうからだ。

「……そんな顔するな。そのうち機会があったら、アーリーアメリカンもお前に任せてやるから」

口ではそんな慰めを言いつつ、その機会は多分ないだろうなと堂島は頭の隅で思う。

北欧モダンやアジアンモダン人気に押されて、クラシカルやカントリー系の売り場は年々小さくなっている。そして売り場の広さに限りがある以上は、会社としては手堅い商品しか扱いたくないものだ。有名ブランドで埋まっているアーリーアメリカンの売り場に、マイナーな工房の商品が新しく置かれることはきっとないだろう。

けれど、目の前の杏奈があまりにも哀れな顔をするものだから。堂島は自分の発言をいい加減だと思いつつも、フォローを入れてやらずにはいられなかった。

ところがそんな上司の心もいざ知らず、杏奈はなかなか堂島のデスクから離れない。

彼女が自分の趣味に走りすぎた商品を持ってきてすげなく却下されるのはいつものことだが、今日はどうしてかあきらめが悪いようだ。

「次は必ずアジアンモダンのいいやつ持ってきます。約束します。だから、一生のお願いです……！　なんとかこの四点セット、ショールームに出してもらえないですか？」

あまりにしつこく食い下がってくる杏奈に、今度は堂島の方が眉間に皺を寄せる。

「だから今は無理だって言ってるだろう。辻、これは仕事なんだ。好き嫌いで成り立つお遊びじゃないんだぞ」

思わず口調がきつくなってしまえば、杏奈はますます悲しそうに眉尻を下げた。けれどそれでも、自分のデスクへ戻ろうとはしない。

「い、一週間だけでいいんです。なんだったら私、店頭に立って商品案内したっていいですから」

「いい加減にしろ！」

自分の立場も考えない彼女の発言に、うっかり声を荒らげてしまった。周りの視線が一瞬集まり、杏奈が驚きのあと悲しげな表情を浮かべる。

堂島はすかさず自分の行いを反省したけれど、それでも目の前から動こうとしない杏奈を見ると深くため息を吐いてから言った。

「……辻。ちょっとこっちへ来い」

誰もいない小会議室に杏奈を連れ出した堂島は、彼女と向かい合って改めてため息を吐く。

「なんだって今日はそんなにしつこいんだよ。俺だってなんとかしてやりたい気持ちがない訳じゃないけどさ、こんなの会議で通らないのぐらい分かるだろ？」

腕を組みながら目の前の杏奈を見れば、彼女はシュンとしながら縋るような目で見つめ返してきた。

「……このアーリーアメリカンのセット、アメリア木工の最後の作品なんです」

その言葉を聞いて、堂島はどうして杏奈のあきらめが悪かったのかを理解した。

アメリア木工は工房を名乗っているが、実質、年老いた職人の三沢という男がひとりで経営している。アメリカンカントリーの家具だけを制作しており、〈ファニチャースマイル〉でも以前は幾らか扱いがあったが、ここ最近は在庫のみの扱いで新規の発注はしていない。

けれど、こだわりのある職人気質と家具へかける愛情、それに加え『亡くなった米国人の妻が愛したアメリカンカントリーを一生作り続けたい』と言う三沢のエピソードは、家具に並々ならぬ情を持つ杏奈の心をがっちりと捉えた。

堂島は今年からアメリア木工の担当を杏奈に任せたことを後悔した。どうせ三沢は引退も近いだろうし、もう大きな取引もないだろうからと、新人の杏奈を抜擢したのが裏目に出たようだ。

「三沢さん、最後に〈ファニチャースマイル〉に商品を卸したいって言ってました。三沢さんが最後に精魂込めて作ったものなんです。どうか花道を飾らせてくれませんか？」

小さな工房の家具職人としては一流の家具販売会社として名を馳せる〈ファニチャースマイル〉に自分の品物を卸せるのは一種のステイタスだろう。その気持ちは分からないでもない。けれど。

「個人の情で企業は動けない。これを許したら他の社員にも取引先にも示しがつかないことを分かれ。悪いけど、俺にはどうもしてやれない」

仕事は仕事だ。一流販売会社のバイヤーという看板を背負っているからこそ、個々の事情で取引が左右されることは許されない。

きっぱりと断られた杏奈は、その日一日ずっと肩を落としていた。さすがに堂島もそんな彼女の姿を見て、少しばかり胸が痛む。

ところがその翌日。杏奈は思いもかけない書類を提出して堂島の目をまん丸くさせた。

それは二ヶ月後に行われる社内コンペの提案企画書だった。〈ファニチャースマイル〉は毎年一回デザイナーズ＆ブランドフェスティバルという大型イベントを開催する。そこで何を扱うかは商品部とショールーム部のコンペによって決まるのだが、参加するのはそれこそベテランや社内評価の高いやり手ばかりだ。まだまだ新人もいいところの杏奈が参加するなど異例すぎる。

しかもそこに挙げられていたのは、アメリア木工を中心とするアーリーアメリカン特集だ。

「お前……、あの家具のために、ここまでやるのかよ……」

大真面目な顔で書類を提出してきた杏奈に、堂島は感心半分、呆れ半分の声で言った。

「やります。だって三沢さんの家具は文句なく素晴らしいんですもん。そんな職人さんが作った最後の商品なんです。絶対相応しい花道を飾らせます」

家具に並々ならぬ情熱を持ち、職人に入れ込む傾向があることは把握していた。けれど、まさかここまでするとは思ってもいなかった堂島は、彼女のバイタリティにただひたすら驚く。

しかし、バイタリティだけでは上手くいくはずがない。

「いくらなんでも、新人のお前がろくなプレゼン出来る訳ないだろ。大体なんだよ、協力会社もアメリア木工以外は空白だし、具体的な予算も品数も何も書いてないじゃないか」

「それは……これからです。これから協力者とか探しますから」

企画書の中身を見て、堂島は苦笑と共に少しだけ安心もする。やっぱり杏奈は杏奈だ。気合いだけは一人前だけど、実力も経験もまだまだ足りない。

「じゃあ準備が整ったら改めて提案企画書持ってきな。見込みがありそうならエントリーしてやるから」

そう言って堂島は書類を一旦返す。

まだこの会社に入って年月の浅い杏奈には、協力会社の依頼すら難しいだろう。それどころか具体的な予算から成果の見通し、会場のディスプレイなど、他の部署の協力なしには計画すら組めない。彼女が幾ら気合いを入れたところで、すぐに手詰まりになるのは見えている。

――可哀そうだとは思うけど、これで社会の厳しさも分かるだろう。個人の情熱だけじゃどうにもならないこともあるんだって。

それを教えるため、堂島は敢えて杏奈を突き放した。また落ち込む杏奈を見るのは胸が痛むが、そのときはビールでもおごって慰めてやろう、などと考えながら。

ところが。

堂島の予想を裏切って、杏奈は二週間後に完璧な提案企画書を再提出した。

「エントリーお願いします」

そう言って頭を下げた杏奈は、あきらかに二週間前よりやつれていた。けれどその表情は自信に満ち満ちている。

この二週間、彼女はあらゆる部署に頭を下げて協力者を募った。新人が起ち上げた企画、しかもアーリーアメリカンなど大きい需要があるとは言い難いジャンルに賛同してくれる人など簡単には見つからない。

それでも何度も何度も頭を下げるにくる彼女の情熱と心意気に、やがてちらほらと手を差し伸べてくれる者が現れた。

グループとして協力は出来ないが知恵を貸してくれる者、協力してくれそうな会社や工房を紹介してくれる者、コンペのスキルを説いてくれる者。ひたむきな杏奈の姿に感心した人たちが、わずかながらも力を貸してくれた。

総務の萌衣も手伝ってくれたおかげで、過去のデータをもとに予算と成果予想も組み込むことができた。

こうして二週間。表向きの協賛者はいないけれど、たくさんの人の少しずつの親切が集まったおかげで、杏奈はエントリーに通せるほどの提案企画書を作成することが出来た。

けれど、現実は厳しい。

新人の杏奈がほぼひとりで起ち上げた企画と、毎年コンペに参加しているベテランチームが起ち上げた企画とでは、比べ物になるはずがなかった。

それでも堂々とプレゼンまでやり抜いたことは立派だったたし、その姿に胸を打たれた者も少なからずいたけれど——結果は不採用だった。

結果が張り出された広報ボードの前で、呆然と立ち尽くす杏奈の姿は痛々しい。彼女の頑張りを知っている人達が励ましや慰めの声を掛けてくれたけれど、杏奈は唇を噛みしめてただ頷くことしか出来ないでいた。

「辻、ちょっと来い」

そんな杏奈を呼び出し、堂島がまた人けのない小会議室へと連れていく。そして部屋に入るなりカーテンを閉めると、扉にも施錠した。

ポカンと見ている杏奈の前に立つと、堂島は彼女の頭をいきなり自分の胸に抱き寄せて、言った。

「おつかれ。泣いていいぞ」

突然そんなことを言われて、察しの良くない杏奈はしばらく驚いたまま固まってしまう。けれど、彼の手の温かさと共にじんわりと言葉の意味が染みてきて、気が付くと両目からとめどなく涙が溢れてきていた。

「う……ぅえええ〜、悔しいよお、どうしても勝ちたかったよお〜、三沢さんの花道飾ってあげたかったよお〜、ぅわあああん〜〜」

まるで幼児のように無防備に泣く杏奈を、堂島は優しく頭を撫でてやりながらじっと受けとめ続ける。

部下とはいえ、抱き寄せて慰めているところなど見られたら大変だ。けれどそれでも、堂島は彼女を自分の胸で思いっきり泣かせてやりたかった。

「お前はよく頑張ってたよ。三沢さんだって、ここまでしてもらえてきっと辻に感謝してるさ」

「いやです、そんなの自己満じゃないですか。私は、三沢さんの家具をショールームに並べてあげたかった……三沢さんにも、協力してくれた人にも、申し訳なくって……っ、ぅわああん〜〜」

杏奈のサラサラとした髪を撫でながら、堂島は思う。この部下は馬鹿なのだなあ、と。

新人がアーリーアメリカンの企画をたったひとりで起ち上げて、本気で通ると思っていたなんて。

けれど、馬鹿なほどまっすぐな情熱を、堂島は尊敬する。

杏奈は華奢なタイプではないけれど、二十センチ以上身長差がある堂島から見れば充分に小柄だ。そんな小さな女が他人のために、たったひとりで無謀な戦いに挑んだのだ。

彼女がコンペの参加を決めた日から今日まで、堂島はずっとその姿を見てきた。

思わぬ協力が得られて喜ぶ顔、疲れ切って半分寝ている顔、思うように進行しなくて悩んでいる顔、『絶対勝ちますよ。三沢さんの家具は誰が見たって素敵なんですから』と心から信じている笑顔。

一途で、健気で、前向きで——そんな彼女の姿を見ているうち、堂島の心には『どうか辻が勝てますように』という仄(ほの)かな願いが芽生えるようになった。

そして今。残酷な結果の前で立ち尽くす杏奈の背中はあまりにも小さくて。今にもくずおれそうなその身体を、抱きしめて守ってやりたい衝動が抑えきれなかった。

腕の中で子供のように泣きじゃくる杏奈のぬくもりが、堂島の胸を締めつける。

——この女は馬鹿だ。こんな小さな身体でたったひとりで戦ってボロボロに負けて大泣きして。……けど、今さらこいつを守ってやりたかったなんて思う俺は、もっと大馬鹿だ。

ふたりきりの会議室。大切なものを守れなかった自分の無力さに悲嘆する杏奈の背を、堂島の大きな手が何度も何度も優しく撫で続けた。


それから一週間後。

堂島はまたも杏奈を小会議室へと連れ出していた。

「どうしたんですか？　改まって話なんて」

わざわざ人目を避ける要件などあっただろうかと、杏奈は小首を傾げる。

するとと堂島は人差し指を自分の口の前に立ててから、わずかに表情を和らげて言った。

「アメリア木工の四点セット、プロデュース部が使ってくれるってさ。古民家カフェだって」

「……っ!! 本当ですか⁉」

堂島が声を潜めて言ったというのに、杏奈は驚きのあまり盛大な声を出してしまう。

もう一度人差し指を立て『静かに』とジェスチャーで諭されて、杏奈は慌てて口を手で押さえた。

「誰にも言うなよ。今回だけ、特別だからな。……まあ、お前が持ってくる企画は高値だけど品質は一級なものが多いから、ショールームよりプロデュースの方が使いやすいんだけどな」

仕事に個々の事情など挟まない主義だったのに。杏奈の情熱が、堂島を変えた。

「褒めてたよ、プロデュース部のヤツ。新品なのにヴィンテージ並みの風格があるって。三沢さんに伝えてやりな、これでなんとか花道飾れるだろ」

そう話してニコリと破顔した堂島に、杏奈は感情が抑えきれずに飛びついた。

「堂島さーん！　すごい！　堂島さん、すごい！　あーもう嬉しすぎてなんて言っていいか分からないよー！　堂島さんすごい！　大好きー！」

堂島の背中をギュウギュウと抱きしめながら、杏奈は稚拙なボキャブラリーで必死に感激を口にする。

はっきり言って何が『すごい』なのかはさっぱり分からなかったけど、彼女の嬉しさだけはしっかりと伝わった。

「ばっ……馬鹿、離れろ！　それに声が大きい！　いきなり飛びつくなんて、お前は犬か！」

「あ、わわわわ！　ご、ごめんなさい！」

堂島に怒られて杏奈は慌てて身体を離す。そして自分の行為を恥じて頬を染めると、「失礼しました」と照れくさそうに頭を搔いた。

「でも、本当に嬉しいです。ありがとうございます、堂島さん」

素直な笑顔を杏奈が向けたとき、堂島は自覚した。この喜ぶ顔が、自分はとても見たかったのだと。

――ああ、俺。この女がすごく好きなんだな。

心臓が心地好く高鳴るのを感じながら、堂島は手を伸ばして杏奈の頭をポンポンと撫でる。

「礼はいいから、今度こそちゃんと俺のオーダーした企画持ってこいよ」

「はーい」

ただの部下だと思っていたのに。今はこのまま抱きしめてやりたいほど愛くるしい。そんな感情が湧きあがってきてしまう自分を、堂島はなんだかくすぐったく感じた。

堂島は杏奈とは違い、豊富な恋愛の経験を積んできた。

人目を引く容姿のせいもあり、正直、相手に困ったことはない。それなりに真剣だった恋もあれば、一夜のアバンチュールを楽しんだこともある。けれど、それも若い頃の話だ。

仕事に真剣に向き合うようになると、恋人という存在がわずらわしくて特に必要だとは思わなくなった。その辺が兄の実千雄と大きく違うところだ。三十をすぎても手当たり次第に女性を喰っている兄を、堂島は大したもんだと呆れる。

常務という立場に着き、経営者としての才もそれなりにあるのに、実千雄は女癖の悪さのせいで評判を落としがちだ。女のベッドで寝過ごし、大事な役員会議に遅刻したことも一度や二度ではない。

そして、そんな兄を見兼ねて堂島が苦言を呈するのもしょっちゅうだった。

堂島がここ数年、恋愛離れをしていたのは、過去に充分なほど経験を積んだせいと兄が反面教師になっていたせいである。

——そのうち結婚を考える歳になったら、適当な女とでも付き合うか。

そんな風に考えるほど恋愛に無関心だった彼の心に、杏奈はいきなり竜巻のように飛び込んできた。

今までにないタイプだった。率直で深く考えることが苦手でまるで犬か子供みたいなのに、やたらと情が深くて自己犠牲すら厭わないときがある。大人とは思えないぐらい素直で、危なっかしくて見ていられないのに、無自覚に人を惹きつけ結果を出すことも出来る。

――面白い。目が離せない。もっともっとこの女に色んな経験をさせて、喜ぶ顔が見たい。

日に日に育っていく恋心を、堂島は自覚せずにはいられなかった。

そんなある日だった。ふたりが同じ町に住み、徒歩で二十分の近所に住んでると発覚したのは。

「なあんだ、堂島さんご近所さんだったんだ。じゃあ今度飲みに行きません？　私、近くでいい居酒屋知ってるんですよ」

屈託のない杏奈の誘いが嬉しくもあり、少しだけ複雑でもある。休日にデートにでも誘ってみようかと考えていた矢先だった。距離が縮まるのはいいが、居酒屋でビールは少しムードがない気もする。そんな飾り気のなさが彼女のいいところでもあるけど、異性としてあまり意識されていないのだなとも実感した。

――ガキじゃあるまいし、焦ることはない。もっとじっくりお互いを知ってから進展するのも悪くない。

軽い交際に持ち込むのなら、飲みに行ったあと部屋に誘えばいい。身体を早々に結んでから恋人になるのも、大人の世界にはよくある話だ。

けれど、そうはしたくないと思うのは相手が杏奈だからだろうか。もしも誘いをかけたときに拒否されたら、今の関係は間違いなく壊れる。感情を隠すことの出来ない彼女のことだ、翌日から苦痛なほどギクシャクするのは目に見えていた。

——もっと彼女をよく知り、距離を縮めて、確実に心をこちらに向かせてからでないと勝負には出られない。

自分でも驚くほど臆病だと堂島は苦笑する。女を口説くのにここまで慎重になるのは初めてだ。

それほどまでに手に入れたくて、大切にしたい。この恋が本気だと痛感せずにはいられなかった。

『甘いものに目がないんです。前世が蟻かも知れないってぐらい』『ピンク色が好きなんだけど上手く着こなせなくって、アースカラーばっかりになっちゃう』『ひとりっ子だから、頼れるお兄ちゃんがずっと欲しかったんですよ』『私、すごいお爺ちゃんっ子だったんです』

週に一回程度ふたりで〈もぎり〉に飲みに行くようになって三ヶ月が過ぎた。その間、杏奈は自分の様々なことを語って聞かせ、堂島はそれに楽しそうに相槌をうってはジョッキを傾けた。

話を聞けば聞くほど感じたのは、杏奈は本当に家具が大好きで、どうやらそのルーツは祖父にあるということ。それから、思わず頬が緩んでしまうのをこらえるほど有益な情報だったのは——彼女には現在も過去にも恋人がいなかったということだ。

杏奈が酔い潰れないよう気を付けてやるのも、飲みに行ったあとは必ずアパートまで送ってやるのも、だからといって強引に上がり込んだりしないのも、堂島なりの誠意だった。

「……なんか純愛してるな、俺」

杏奈を送ったあとの帰り道で、夜空を見上げながらボンヤリと呟く。

さっき、酔って足をもつれさせた彼女の肩をとっさに抱いたときの感触が、今もまだ手に残っている。色気からは程遠いタイプなのに、抱いた肩はやっぱり女のしなやかさを感じさせるそれで。思い出すだけで胸が痛いほど切なく疼く。

「そろそろ頃合い、かな」

ふたりきりで飲むようになってから、距離はだいぶ縮まったと考えていい。さりげなく『杏奈』と呼ぶようになっても、彼女はまったく嫌がる様子も見せなかったのだから。

——デートに誘って雰囲気を作ってから告白すべきかな。あいつは鈍感だから、俺がどれだけ本気かきちんと伝えないと。

まるで初恋のように胸を高鳴らせ、その日をあれこれ考える。見上げた三日月がいつもより綺麗だと思えるほどに、堂島の心は弾んでいた。

＊＊＊

「――だから、私……絶対に〈ファニチャースマイル〉と洞木親子を許さないんです」

甘い期待と少しの緊張を籠めた誘いを胸に秘めて、杏奈と飲みに行った夜。彼女から聞かされた〝復讐〟は、堂島の酔いなど一瞬で覚ました。

相槌を打つことも出来ないほどの衝撃だったけれど、鈍感なうえ酔っていた杏奈に動揺を悟られなかったことだけが幸いだ。

「そんなに……洞木が憎いのか？」

努めて冷静な声色で尋ねた問いに、杏奈は「当たり前じゃないですか！」と強い眼力を籠めて返した。

堂島は思い出す。今から十七年前、幼かった自分が〈洞木雄基〉から〈堂島雄基〉になったときのことを。

子供の頃の彼は、まともに学校も通えないほど病弱な子供だった。肺が弱くしょっちゅう喘息の発作を起こしては、通院や入院を繰り返していた。

彼の母親である聡子が離婚を決めたのは、それが原因である。

当時〈ファニチャースマイル〉の副社長を務めていた聡子は仕事が忙しいあまり、病弱な息子に付き添ってあげられないことを常に心苦しく思っていた。

そのうえ、夫であり〈ファニチャースマイル〉の社長である大千は幼い堂島に冷たかった。いずれは会社を長男の実千雄と次男の雄基に継がせたいと考えていた大千の目に、病弱で母親の手を煩わせる次男の存在は情けない姿に映っていたからだ。

息子を巡る夫婦の確執は深まり、聡子はついに妻で副社長であることより、雄基の母親であることを選んだ。

まだ子供だった堂島にとって、発作で苦しいときに母が側にいてくれる安心感はかけがえのないものだった。

けれど、自分のせいで両親が離婚し兄とも離れて暮らすようになったことには胸が痛む。

そしてさらにそんな堂島に罪悪感を植え付けたのが、〈ファニチャースマイル〉の経営不振だった。

経営者としての手腕はあるが強引で取引先や部下に対して横柄だった社長をたしなめ、周囲と平穏な関係を築きながら経営の舵(かじ)を取っていたのは副社長の聡子だ。そのストッパーがいなくなったことで大千の強気な経営戦略は社内外の不協和音を引き起こし、〈ファニチャースマイル〉はたちまち客離れを起こす。安価な家具を売りにする大手販売店の業界進出が重なったのも、運が悪かった。

テレビや新聞で報道されるほど売り上げが落ち、経営を縮小させていく〈ファニチャースマイル〉のニュースを見るたび、少年だった堂島は心を痛めた。

――僕のせいで、お父さんの会社が大変なことになっている。

父親として冷たかった大千を慕う気持ちは薄くても、父の会社は嫌いではなかった。世界中の素晴らしい家具を自分で厳選し、〈ファニチャースマイル〉のショールームに並べたいという夢まで、いつからか抱いていたほどだ。

そんな〈ファニチャースマイル〉がかつての栄華を失っていく姿を目の当たりにし、堂島は自分が会社から聡子を奪ったせいだという罪悪感に苛まれた。

それから数年後、〈ファニチャースマイル〉は役員体制の立て直しを図り、なんとか経営不振を脱する。

そしてさらに数年後。成長した堂島は持病の喘息も克服し、病弱だった頃が嘘のように立派な青年になった。そして大学を卒業した彼は迷わず〈ファニチャースマイル〉へと就職する。自分のせいで経営危機に陥らせてしまった贖罪の意と、やはり子供の頃から持ち続けた夢は消せなかったからだ。

両親や兄とも話し合い、彼は母の旧姓である〈堂島〉のまま入社し、洞木の子息であることを役員以外には内密にすると決めた。横暴さで社員の信頼を失いかけた父を反面教師とし、経営に携わる前に社員と同じ目線で現場を経験したいという彼なりの信念だ。

その申し出に父と兄は不服そうだったが、母の後押しもあって、三十歳を目処に経営陣に加わることを条件に了承を得た。

そうして配属された商品部で次々に実績を挙げ、適正な評価でバイヤーチーフになり、社員や商品と向き合う者として自信も付いてきた頃だった。彼が予想外の恋に陥ったのは。


「いくら経営不振になったからって……あんまりだと思います。洞木社長は悪魔です！……って、堂島さん、聞いてます？」

杏奈の話から過去のことを思い出していた堂島は、まっすぐこちらを見つめてくる視線に気付き、慌てて返事した。

「え？　あ、ああ」

初めて人に〝復讐〟のことを打ち明けたという彼女の瞳には、積年の悲しみと悔しさが宿っている。その眼差しを見つめ返せず、さりげなく視線を外した。

杏奈の祖父、音彦が〈ファニチャースマイル〉から契約を切られたときの話を、彼は胸が潰れそうな思いで聞いた。

「会社の方針でアンティーク系の工房とは取引をやめるって、急に〈ファニチャースマイル〉側から説明があったんです。急にそんなこと言われても困るって訴えるおじいちゃんに、担当者の人はなんて言ったと思います？　『だったら、安くてよく売れる家具を作ればいい』って。『こちらも商売でやっているんだから、需要のあるものを作れ』って……。トラディショナルを作り続けてきたおじいちゃんに対する、最大の冒瀆（ぼうとく）ですよ。私、悔しくて悔しくて……」

彼女の話を聞きながら、堂島は自分の父の横柄さを恥じる。その言葉を直接言ったのはバイヤーの担当者だろうが、考え方は間違いなく社長である大千のものだ。

『取引をしてやっている』という上からの目線で、職人に敬意を払わない。聡子が副社長だったときには散々たしなめられたらしいが、それがなくなったうえに経営不振の焦りも手伝って、横柄さに輪が掛かっていた頃だったのだろう。

そして、そんな状況を作った最大の理由が自分なのだと思うと、堂島は今ここで額を床に擦りつけて杏奈に謝りたい衝動に駆られた。

「それからおじいちゃん、すっかり元気失くしちゃって……。あんなに生き生きと家具を作ってたのが嘘みたいに老け込んじゃって、四年後に亡くなったんです。『悔しい』って、『もっと家具を作りたかった』って、死ぬ前に悲しそうに嘆いた姿……私、一生忘れられない」

杏奈はこぶしを握りしめながら涙目で語る。彼女の胸にはいまだにそのときの痛みが、これっぽっちも癒えずに残っているのだろう。

堂島はそんな彼女を目の前にして葛藤する。今ここで、自分が〝復讐〟の対象者であることを打ち明けるべきかどうか。

「……杏奈、実は――」

秘密にしたままでは、いつか彼女を傷付ける。ならば早々に打ち明けることが最大の誠意だ。そう思って開きかけた彼の口を噤ませたのは、目尻の涙を拭ってからパッと顔を上げた杏奈の恥ずかしそうな笑みだった。

「あはは、ちょっとスッキリした。〝復讐〟のこと誰かに話したの初めてだったから。聞いてくれてありがとうございます。誰にも話さないって決めてたんだけど、なんか堂島さんには聞いて欲しかった。ほら、堂島さんいっつも私の駄目なところでも受けとめてくれるから。だから私の一番の秘密も受けとめてもらいたかったのかも。……ってすみません、甘えすぎですね」

もしも自分が洞木の息子じゃなかったら。きっと彼女のこの言葉を心から嬉しく思っただろう。それほどまでに信頼を寄せてもらえたことが自信になったはずだ。

けれど、今の堂島には絶望にも似た気持ちで、偽りの笑顔を浮かべることしか出来ない。

何年ぶり、いや、初めてかも知れない。こんなに真剣な恋に落ちたのは。想いが純粋で大きいからこそ、臆病になる。

離したくない、傷付けたくない、あきらめられない。――たとえ弱虫で狡い男になったとしても。

「そうか、俺で良ければいつでも聞いてやるよ。だから遠慮なく頼りな」

酷い台詞を吐きながらビールジョッキを握った手はじっとりと汗に濡れていたけれど、ガラスの結露と混じり合って杏奈には気付かれない。

「ありがとうございます！　やっぱ堂島さん頼りになる、大好き」

屈託ない笑顔の『大好き』が大きな棘になって、堂島の胸にはこの日からずっと抜けないまま刺さっている。


杏奈の計画する〝復讐〟は実に思慮浅く非現実的なもので、何年かかっても到底果たされるとは思えなかった。あまりに無謀な計画にツッコまずにはいられず、つい口を挟んでしまったこともあるほどに。

けれど、己の狡さに苛まれながらも、堂島はどこかホッとしている自分がいることも否めなかった。復讐など非現実的だと、彼女が考えを変えてはくれないかと願ってしまう。

しかしそんな思惑とは裏腹に、初めて自分の秘密を打ち明けて受けとめてもらえたことで安心したのか、杏奈は堂島と飲みに行くとしょっちゅうこの話をするようになった。

「私は自分の人生を賭けて洞木親子に復讐するんです～」

酔いの回った彼女がそう口にするたび、堂島はどうしていいか分からなくなる。一緒に過ごす時間が増えるたび恋慕の気持ちは深まっていくのに、同時にその想いが雁字搦めになっていく気がした。

酔ってテーブルに突っ伏す杏奈の頭を撫でながら、自分に彼女を慰める資格はあるのかと胸が痛む。

離れることも近付くことも出来ないまま時間を重ね、一年が経った頃。ふたりの関係に大きな転機が訪れた。

「私、常務の洞木実千雄に色仕掛けをしてみようと思うんです」

いつもの〈もぎり〉の席で真剣にそう宣言した杏奈を前に、堂島は本気で頭を抱えた。あまりにも突飛で浅はかで危うい発想には正直呆れたけれど、何より問題なのは彼女の性格だ。思い込んだら頑なで、驚くべき行動力を見せ付ける。この無謀で危険極まりない作戦を、杏奈は本気で実行に移しかねない。

「そんなの上手くいく訳がない、やめておけ」

何度もそう止めて説得したけれど、考え直すどころか結果は逆効果だった。

〝復讐〟を止められたことに憤慨した杏奈はもう聞く耳も持たない。処女を捨ててでも絶対に実行するとまで言いだし、堂島ももう冷静ではいられなくなった。

――兄貴に抱かれるだと？　そんなこと絶対に許さない。兄貴に……他の男に奪われるぐらいなら……俺が抱く。卑怯でいい、とことん堕ちてもいい、他の男になんて絶対に抱かせない。

強引で滅茶苦茶な理由だと分かっている。〝協力〟だなんて嘯いて、半ば強引に杏奈の処女を奪った自分を最低な男だと嫌悪する。

それでも――杏奈を奪われることは我慢出来なかった。

杏奈を抱いてしまったことで気持ちが止められなくなった自分を、堂島は本当に馬鹿だと嘲笑する。

彼女をもっともっと愛でたくて、適当な理由を付けてはデート紛いなことを繰り返した。想いを告げ恋人になることも出来ないままに。

――杏奈にとって俺は憎むべき男だ。

その事実が、想いを告げたい唇を噤ませ続ける。

けれど、それが結果的に彼女を苦しめていたと分かったときには、もう遅かった。

ふたりの紡いできた関係が崩れていくプレリュードは、パーティーの日の夜にかかってきた実千雄からの電話だった。

『なあ。あれ、何？』

「は？」

電話口でいきなり言われた台詞はまったく意味が分からず、堂島は眉間に皺を寄せる。

『お前の差し金じゃねーの？』

「だから何がだよ」

『あー、違ったならいいや。じゃ』

これっぽっちも理解出来ないまま一方的に電話は切られた。不審に思ったけれど、マイペースな兄が好き勝手に振る舞うのはいつものことなので、さして気にしなかった。

あとから考えれば、実千雄の『あれ』が杏奈のことだったともっと注意していれば気付けただろう。

けれどパーティーで杏奈と実千雄が接触していたことを知らなかった堂島は、この警告を見逃した。

そして、自分の知らないところで杏奈の〝色仕掛け〟が始まっていたと気付いたのは、会社で彼女の口紅が乱れていたのを目撃したときだった。

『堂島さんが優しくするから！　あんなに抱いたりするから！　他の男に抱かれることが出来ないぐらい、あなたを好きになっちゃったんです！　あなたが側にいると、〝復讐〟を誓った決心が崩れちゃうんです！　だからもう……邪魔しないでよ！』

泣きながらそう叫んだ杏奈の言葉が忘れられない。

仕事を終えマンションに帰ってからも堂島はずっと彼女のことを考えていた。彼女のことしか考えられなかった。

濃淡のグレーを基調としたベッドに寝そべり、まとまらない思考を必死で掻き寄せる。

実千雄が杏奈を抱いたかもしれないことも、杏奈が感情を爆発させ好きだと告げたことも、臆病な自分の心がそれに応えられなかったことも。何もかもが大きく感情を揺さぶりすぎて、冷静に思考を巡らせることが難しい。

「……どうしてこうなったんだ……」

もう何度目になるかも分からない自責の溜息を吐いたとき、サイドテーブルに置いたスマホが着信を知らせた。杏奈からかと思い逸（はや）る気持ちで手に取ったけど、表示されている名前を見て彼の胸が不快に曇った。

「……おい」

通話ボタンをタッチし、向こうがしゃべりかけてくる前に不機嫌な声で呼びかける。それを聞いた実千雄が、電話の向こうで『は?』と声をあげた。

「今日、杏奈に何をした」

怒りが滲んで隠せないまま問い質せば、実千雄はいつものように飄々とした調子で答える。

『あー、あれ?　やっぱあの子猫ちゃん、お前の差し金だったんだ。何企んでるんだか知らないけど、あんな色気ないの寄越すなよ。キスしただけでベソ掻いて、萎えるったらありゃしねーよ』

「キス……だけか？」

『あ？　そーだよ。キスして、あと脚も少し撫でたけどそんだけ。まあ元々する気もなかったけど。ちょっとからかって様子見ようと思っただけだしな』

実千雄の話を聞いて、わずかに安堵した。杏奈の唇が奪われたのは腹立たしいけれど、それだけで済んで良かったと、胸を撫で下ろす。

『なあ。結局、何がしたかったんだ？　お前があの女を俺んとこに寄越したんだろ？』

不思議そうに電話の向こうで実千雄は尋ねた。どうやら杏奈の目的については一切気付いていないようだった。

「違う、俺の差し金じゃない」

『そうなの？　てっきり俺の女遊びやめさせるために、適当な女宛がったのかと思った。じゃああの子猫ちゃんってお前の何な訳？』

そう聞かれて、堂島は口を紡ぐ。杏奈との関係は何なのか、その答えがただの上司と部下の関係だとは、もう自分でも認められない。

「……俺が、人生を捧げてもいいと思ってる女だ」

『はぁ⁉』

受話口の向こうで実千雄も驚いていたけれど、言った本人も驚いていた。杏奈をどうしたいのか、これからどうすればいいのか、行きつく関係の先は何なのか、逡巡したあげく自然と口を突いた答えだった。

『お前何言ってるんだ？　恋人ってことか？』

矢継ぎ早に聞いてくる実千雄の言葉を遮り、堂島は「兄貴、ごめん」とだけ呟くと静かに通話を切った。

そして天井を仰いで深く息を吐き出す。

――こんなに杏奈のことが好きなのに、ずっと本当のことを隠してきたバチが当たったんだ。危うい目に遭わせたり、傷付けて泣かせたり……もうたくさんだ。杏奈のことを思うなら、どうすればいいかなんて。とっくに答えは出ていたのに。

堂島は芽生えた覚悟を心の隅まで行き渡らせるように、しばらく目を閉じた。それからスマホを握り直し、父親である大千の番号をタップする。

――終わらせよう。杏奈の復讐も、狡い秘密を抱えるのも。

コール音のあと大千の出た電話口に向かって、堂島は一呼吸おいてから落ち着いた声で告げた。

「父さん、ごめん。俺は……〈ファニチャースマイル〉を辞める」

と。

9　A Smile of my beloved

『お前が本当に憎むべき相手は……俺だ』

堂島から衝撃の事実を告げられてから三日後。杏奈は隣の県にある実家に帰ってきていた。

祖父が亡くなってからは倉庫として使っている工房で、魂が抜けたようにぼんやりと佇んでばかりいる。

――お爺ちゃん……私、どうしたらいいのかな……。

内装はすっかり様変わりしているとはいえ、幼い頃から慣れしたんだこの場所に立てば、何か答えが出せるような気がした。

けれど、埃の被った工具や木材の中でひとりぼっちで立ち尽くしても何も浮かばず、幼い頃の思い出も祖父の名残も、杏奈に答えを教えてはくれなかった。

あの日、堂島が洞木社長の息子だと知って呆然とする杏奈に、彼は苦しそうにすべてを語ってくれた。

そして最後に、

『俺は会社を辞める。お前とお前のお爺さんへの償いとして、ファニチャースマイルとは無関係の人生を歩もうと思う。それに、将来副社長になる予定だった俺が辞職することで、社長にも会社にも多少のダメージは与えられるはずだ。だから……杏奈、お前の復讐はこれで終わりだ』

彼はそう告げて、わずかに悲しそうに微笑んだ。

憎むべき相手が堂島だったことも、彼の手で突然に〝復讐〟の幕引きがされたことも、衝撃が大きすぎて杏奈はしばらく理解出来なかった。

部屋を出ていく堂島と何か言いたげな常務の背を呆然と見送りながら、杏奈は自分が嬉しいのか悲しいのかさえ分からずにいた。

翌日になっても、杏奈は混乱から立ち直れなかった。ベッドから起きる気力さえ湧かず、頭から布団を被って一生懸命に現状を理解しようとする。

そうしてやっと筋道立ててあらゆることが把握できたとき、心を満たしたのはどうしようもない悲しみだけだった。

――なんで、どうして堂島さんなの。私が世界で一番憎まなくちゃいけない人間が、どうして世界で一番好きな人なの。

彼と過ごしてきた月日を振り返れば、心が張り裂けるぐらいに悲しくなる。

杏奈を抱いた夜、共に笑い合った日々、そして初めて〝復讐〟のことを聞いたとき、彼は何を思ったのだろうか。

何も知らない杏奈を嘲笑っていた訳ではないことぐらいは想像出来る。そうであって欲しいとも願う。普段の誠実さや、すべてを告白したときの苦しそうな顔を見れば、彼もきっと罪悪感に苛まれていたのだろうと。

けれど、真実を隠したまま杏奈の側にいたことも、何より〝復讐〟すべき憎き相手であることも、許せないことに変わりはない。

〝復讐〟は終わった。結果的に洞木社長と〈ファニチャースマイル〉に打撃を与え、堂島雄基を業界から追放したのだ。充分な報復を与えたと思っていいだろう。

なのに、杏奈の心はこれっぽっちもスッキリはしていなかった。喜びもなければ達成感もない。むしろ気持ちは沈むばかりで、モヤモヤとした気持ちだけが募る。

自分の〝復讐〟が正しいのか分からなくなって、堂島を辞職にまで追い込んだ自分が〈ファニチャースマイル〉に戻っていいのかためらって、杏奈は東京を逃げ出した。

一週間の有休を取って隣県の実家まで戻り、それからずっとこの工房に閉じこもっている。

「お爺ちゃん……。復讐、終わったよ。お爺ちゃんから生きる気力を奪った〈ファニチャースマイル〉に、痛い目見せてきたから。だからもう……悔しくないよ、ね？」

祖父が誇りと情熱を賭けて家具を作り続けた場所に立ち、杏奈は呼びかける。けれど心に積もるのは、復讐を誓ったとき以上に鋭くて痛い悲しみばかりだった。

＊　＊　＊

東京、〈ファニチャースマイル〉本社の常務室では、ソファーにうなだれた堂島が座っていた。その隣には兄である実千雄が半ば呆れた表情を浮かべ、煙草を咥えて立っている。

「どうだ？　三十近くにもなって親父の大目玉を喰らった気分は」

フーッと煙を吐き出しながら飄々と実千雄は言ったが、その声には弟を案ずる色も多少は窺える。

「別に。何を言われたって〈ファニチャースマイル〉を辞める決意は変わらない。引き継ぎが終わり次第、俺はここを去るだけだ」

言葉では強がっているが声にはいまいち覇気がない。その原因が、ついさっき社長室に呼び出され大千に勝手な辞職を叱責されたことではないことぐらい、実千雄にも分かっている。

「大層な決心をしたところで、子猫ちゃんは会社にも来てねーし連絡も取れないんだろ？このままお前が会社辞めたって、誰も喜ばないいんじゃねーのか？」

今度は核心を突いてきた兄の言葉に、堂島は膝の上で組んでいた両手をグッと握りしめた。

「今は……杏奈も混乱してるだけだ。落ち着けば仕事に戻ってくるし、俺がいなくなれば彼女だって素直に喜ぶことが出来る」

視線を上げられないまま言った堂島を見やり、実千雄は向かいのソファーに座ると煙草を灰皿に押し付けてから口を開いた。呆れの中にも真剣みを帯びた表情を混ぜながら。

「本気でそう思ってんのか？　お前ってそんなガキくせー考え方するヤツだったっけ？」

「なんだと……？」

蔑むような兄の言葉に、堂島は眉根を寄せて正面を睨む。

そんな鋭い視線にも構わず、実千雄はフッと口角を上げわざと嘲るような笑みを見せると、肩を竦めて言った。

「俺だったら嫌だね。好きな女に一生〝復讐〟の負い目なんか持たせるの。あの子猫ちゃん、自分に嘘つけねータイプだからずーっと落ち込むだろうな。『私のせいで大好きな堂島さんの人生台無しにしちゃった』って。可哀そーに」

杏奈の声色まで真似て諭す兄の口調は飄々としてちゃらけていて、とても真面目には聞こえない。

けれどその言葉は的確で、堂島の胸に深く突き刺さった。

少し想像を巡らせれば容易いことだった。あの杏奈が恋をした男に復讐を果たして、笑顔でいられるかどうかなんて。けれど。

「……だったら、どうすれば良かったんだよ……！　祖父の無念を晴らせなかったら、あいつは一生〝復讐〟に囚われたままじゃないか！」

叫んで、堂島はうなだれた顔を両手で覆う。杏奈の〝復讐〟を知ったときから、ずっと悩み続けてようやく出した答え。それが最善かは分からないけれど、自分に出来る最大の誠意のつもりだった。

なのに、目を閉じれば浮かんでしまう。真実をすべて知った杏奈の呆然とした顔を。〝復讐〟の幕が下ろされたというのに、これっぽっちも喜んでいなかった彼女の姿を。

「……あんたには分かんねえよ。女をとっかえひっかえして物みたいに扱ってる兄貴なんかに、本気で惚れた女を守りたい気持ちなんて」

八つ当たりだとは分かっていても、そんな台詞が口から零れた。兄のことは嫌いではないし、それなりに尊敬もしている。けれど遊び人の彼に、本気の恋について説教などされたくはない。

ましてや弟の気持ちを知らなかったとはいえ、実千雄は杏奈にキスまでしたのだ。嫉妬の気持ちもあって、彼に杏奈のことを説かれるのは素直に受け入れられなかった。

堂島の言葉を聞いた実千雄は「やれやれ」と言わんばかりに溜息を吐き出すと、ソファーから立ち上がり、窓に向かって歩いていく。そして、射し込む日差しに目を眇めて言った。

「うん、お前の言う通りだよ。俺は女好きだからね、お前みたいに追い詰められた恋なんかしたことねーし、したくもねえよ」

開き直ったような台詞に、堂島の苛立ちがさらに募る。『だったら何も言うな』、そう叫ぼうとするより早く、実千雄が真剣な面持ちで振り向いた。

「けど俺から言わせてもらえば、本気だろうが遊びだろうが女を泣かせるヤツは男として最低だ。好きな女の笑顔も守れない甲斐性なしだって自覚しろよ」

普段は甘ったるい笑みを湛えた実千雄の瞳が、冷たい厳しさを纏って堂島を射抜く。

兄の叱責も眼差しも鋭く刺さって、言葉を返すどころか身動きすら取れなくなってしまった。

口を噤んでしまった堂島を見て、実千雄は厳しかった表情を緩めると、胸ポケットから煙草を取り出し一本咥えてから話を続けた。

「『復讐は不幸しか生まない』って、よく言ったもんだよなあ。〝復讐〟なんて企んじまった時点で、子猫ちゃんは自分の幸せを手放しちまったようなもんだし」

実千雄が煙草に火をつけると、メンソールの煙が堂島の元にまで香った。燻らせた煙が、言葉の続きも運んでくる。

「でもな、スペインにはこんな諺もあるんだぜ。――『最大の復讐は幸福に生きることだ』……って」

　その言葉を聞いた堂島の表情が変わった。悔しそうに歪めていた表情を消すと、目をしばたたかせて正面を見る。

「いい言葉だろ。俺はこっちの方が好きだね。まあ、甲斐性なしの弟くんには難しいかな」

　煙草を挟んだ指を軽く上げながら皮肉げな笑みを見せた実千雄は、それ以上は何も語らなかった。『あとはお前が考えろ』と言わんばかりに。

　けれど堂島は彼の煙草の火が消える前に席を立ちあがり、足早に常務室を出ていく。

　その表情がさっきまでと違って吹っ切れたように力強かったことに、実千雄は可笑しそうに目元を緩めると、ひとりの部屋で静かに煙を吐き出した。

＊　＊　＊

「杏奈ってば、またこんなところに来て」

　工房の倉庫にボンヤリと佇む杏奈に声を掛けたのは、母の珠代だった。

　振り向くと、娘とよく似た陽気そうな顔に困ったような微笑を浮かべた母が立っていた。

　こちらへ帰って来てからろくに食事も摂らず、ほとんどの時間をこの工房で過ごしている杏奈を心配しているのだろう。

「せっかく帰ってきたんだから、一緒にお買い物でもいかない？　駅前に大きなショッピングモール出来たのよ」

　努めて明るく珠代が声を掛けても、杏奈は黙って首を横に振るだけだった。

　薄暗く埃っぽい室内に、陰鬱な沈黙が落ちる。珠代はハァっと大きく息を吐き出すと、虚ろな眼差しをしている娘の肩に手を置いてその顔を見据えた。

「東京で何があったか、ちゃんと話してごらんなさい。大丈夫、これでもあなたの母親をもう二十五年もやってるんだから。ちょっとやそっとのことじゃ驚いたり怒ったりしないわよ」

　頼もしく微笑んだ母の姿を見て、杏奈の目に涙が滲む。ひとりで決めてひとりで終えてきた〝復讐〟のことを話すべきだろうか。

　少し迷ったけれど、杏奈は打ち明けることにした。きっと『よくやったわね、おじいちゃんも喜んでるわよ』と言って欲しかったのかも知れない。自分のしたことが間違ってなかったと、誰かに答え合わせをして欲しかったのだと。

　杏奈と珠代は物置の隅にある樫のベンチに腰を下ろした。音彦が生前に余った木材で作ったものだ。子供の頃はよくここへ座って音彦の作業を眺めていたのが懐かしい。

　祖父との思い出がたくさん詰まった場所で、杏奈はポツリ、ポツリと事情を話し出した。どれくらい時間が経っただろうか。

珠代は時々驚いた表情を見せながらも、最後まで黙って娘の話を聞いてくれた。

そして最後に、「お爺ちゃん……喜んでくれてるよね……？」と、おずおずと尋ねた杏奈の頭を、そっと撫でた。

「杏奈がそんなこと考えてたなんて……あなたは本当にお爺ちゃんが大好きだったのねえ」

珠代も生前の音彦と杏奈の仲睦まじさを思い出しているのだろうか、少し切なげに微笑む。けれど、手を離すとベンチから立ち上がり黙って物置から出ていってしまった。

不思議に思って見ていると、珠代はすぐに戻ってきた。手に、杏奈の見たことのない鍵束を持って。

キョトンとしている彼女に向かって、珠代は手招きをすると物置の奥へ歩いていく。

「本当はね、杏奈がお嫁に行くときまで秘密にしておいて欲しいってお爺ちゃんに言われてたの」

「え？」

歩きながらふいに母が語った言葉が分からなくて、杏奈は不思議そうな声をあげる。

珠代は物置の最奥にある古びた鉄の扉の前で足を止めた。この奥は確か音彦の工具をしまってある部屋だ。刃物が多くて危ないからと幼かった杏奈は入れてもらえず、結局一度も入ったことがない。

その扉に鍵を差し込むと、ガチャンと重い音をたてて施錠を解く。そして扉を開く前に、振り返って言った。

「お爺ちゃんなりに杏奈を驚かせて喜ばせたかったのよ。……でも、そんなことになるんだったら、ちゃんと話しておけば良かったわね」

「どういうこと？」

娘の質問に答えず珠代は複雑そうな笑みを浮かべると、ゆっくりとドアノブを回して扉を押し開いた。

そして、目にした光景に杏奈は驚きと感嘆の声をあげる。

「これって……、全部、お爺ちゃんの……？」

杏奈の瞳に映るのは、見事な英国トラディショナルの家具たち。ドレッサーにサイドボード、ベッドフレーム。テーブルとチェアのセットまである。

そのどれもが職人の熟練の技が盛り込まれ、目を瞠る美しさだ。

フレームや天板は上質のマホガニーを使い、ペンキではなくオイルステインと自然樹脂で仕上げているため、深い艶を出しながらも美しい木目を保っている。

優美でありながら日常使いの家具としての強度も計算された曲線の家具脚カブリオールレッグ。チェアの背もたれやベッドのヘッドボードには英国伝統のエッグ・アンド・ダーツや植物模様のハイレリーフ。そしてどの家具のフレームにも精緻なオーナメントが用いられていた。

上品で格式高いのに温かみを感じさせる英国トラディショナルインテリアの特徴が、見事に発揮されている。

杏奈は吸い込まれるようにフラフラと家具たちに近付いていくと、間近でそれを眺めそっと手でふれてみた。

「すごい……。どれもすごく素敵……。私が見たお爺ちゃんの家具の中で、一番素敵かも知れない……」

なめらかな曲線を愛でながらうっとりと呟く。そんな娘の姿を見ていた珠代は、目を細めて言った。

「そうでしょう。だってこれみんな、お爺ちゃんが杏奈の嫁入り道具として作っておいてくれたものですもの」

「わ……、私に⁉」

あまりの驚きに目をまん丸くすれば、珠代は静かに微笑んでコクリと頷いた。

「お爺ちゃんね、杏奈に内緒でずーっとこれを作り続けていたのよ。孫娘に世界で一番立派な嫁入り道具を持たせてやるんだって。仕事の合間を縫ってはコツコツとね」

初めて明かされた祖父の秘密の愛情に、杏奈の胸が一気に熱くなった。大好きだった祖父の姿が、鮮やかに思い出される。

「嬉しい……お爺ちゃん、ありがとう……」

けれど、感激に溢れる心の中に、どうしても拭えない影がひとつだけ落ちていた。

「……でも私、お嫁になんていけるのかな……」

ポツリと零してしまった台詞には、複雑な切なさが滲んでいる。初めての恋がこんな形で終わってしまって、自分は果たしてこの先まともな恋愛など出来るのだろうか。堂島のことを忘れられる日が来るとは思えない。手に負えないほどの恋心も彼を失った喪失感も、抱えなくていいはずの罪悪感まで、杏奈の心を隅々まで満たしてしまっているのだから。

そう思うと、せっかく祖父が嫁入り道具として作ってくれたのに、新しい恋をして結婚をする自分の未来がまったく見えないことが申し訳なくて仕方なかった。

俯いてしまった杏奈の肩を珠代がポンポンと叩いて、顔を上げさせた。

「杏奈。お爺ちゃんがずーっと願ってたことって、なんだか知ってる？」

「願ってたこと？」

突然された質問を不思議に思いつつも、間髪入れずに答える。

「それはやっぱり、『いつまでも元気で家具を作り続けたい』ってことじゃないの？　お爺ちゃん家具作りに誇りと生き甲斐を持ってたから」

だからこそ、〈ファニチャースマイル〉に自分の作るものを否定されて気力を失ったのだし、死に際に無念さを嘆いたのではないか。

ずっとそう信じてきた杏奈の言葉を、珠代は穏やかに微笑み首を横に振って否定した。

そして――真実を告げる。

「お爺ちゃんが何より願っていたのはね、杏奈、あなたの幸せよ」

小さな孫娘が『お爺ちゃんすごい』と目をキラキラさせながら家具を眺めるのが、どんなに嬉しかったか。工房の隅に座っていつまでも楽しそうに家具作りを眺めている杏奈が、どれほど愛しかったか。

職人としての誇りと祖父としての幸せを教えてくれた杏奈は何よりの宝だと、音彦は生前周囲の人によく語っていたのだと珠代は言った。

「お爺ちゃんはね、いつか杏奈が幸せな花嫁になることをずっと夢見ていたのよ。その日のために、自分に出来る最高のはなむけをしてやるんだって、ずーっとこの家具たちを作り続けてきたの」

話を呆然と聞きながら、杏奈はそっとドレッサーのフレームを撫でた。オーナメントには花とリボンが彫られていて、まるでブーケのようなデザインだ。そこに、音彦の想いが重なる。

珠代は少しだけ眉尻を下げながら、話を続けた。

「確かに〈ファニチャースマイル〉との契約が打ち切られたときには、お爺ちゃん落ち込んだわ。長年やってきた職人のプライドに傷も付いたでしょうし。……けど、納得もしていたのよ。『どんなに立派なものを作ったって、買ってくれる人がいなければ商売は成り立たない。需要が変化していくことを受け入れるのも、職人としての宿命だ』……って」

その言葉を聞いて、杏奈は目を見開いて驚く。確かに〈ファニチャースマイル〉への恨みごとを聞いたことはなかったが、音彦は怒りや憎しみを持っていなかったのだろうか。

「工房が倒産したことで以前のような覇気は失くなってしまったけど、お爺ちゃんは杏奈の家具だけはひっそりと作り続けていたのよ。これだけは死ぬ前に完成させなくっちゃって。杏奈がずっと欲しいって言ってたお姫様みたいなベッドとサイドテーブル、旦那さんと幸せな食卓が囲めるようにって作ったテーブルセット、いつまでも可愛い杏奈でいて欲しいって願いを込めたドレッサー。ひとつひとつ、愛情と願いを込めて作ってたわ」

そこまで話した珠代が、ふと視線をベッドの奥へ向ける。

そこには、作りかけと思われる幾つかの骨組みがあった。

「本当はね、シェルフやチェスト、それに杏奈の子供のためのベビーベッドも作ってあげたかったんだって。でもお爺ちゃん、身体が弱って入院しちゃったでしょう。結局、完成させられなかったことだけ、とっても悔やんでたわ」

「……っ!!」

珠代の話を聞いて、杏奈の頭に音彦の最期の言葉が蘇った。

『……ああ、悔しいなあ……もっと家具を作りたかった……シェルフもベッドもみんな……もっと作りたかった……』

「じゃあ……お爺ちゃんが息を引き取るときに言ってたのは……」

衝撃を隠せない表情のまま問えば、珠代は彼女の目を見てゆっくりと頷いた。

「お爺ちゃんは誰も恨んでなんかいない。遺恨も無念も残していない。ただ、杏奈のための嫁入り道具をもっと作り続けたかった……生きて、もっとずっと杏奈の幸せを願いたかった。それだけなのよ」

杏奈はしばらく呆然とした。

立ち尽くしたまま、真っ白になった思考に必死に過去の記憶を蘇らせる。

〈ファニチャースマイル〉に契約を切られたことに憤慨し絶望していたのは、本当は杏奈の方だったのかも知れない。

祖父をずっと尊敬していて、彼の作る家具を誰しもが素晴らしいと認めると信じていた。

それが否定されたことを受けとめきれなかったのは、きっと幼い杏奈だけだったのだ。

音彦は確かに自信を失ったけれど、商売である以上それを受け入れもした。〈ファニチャースマイル〉が経営不振に陥ったときから、覚悟があったのかも知れない。

けれど、大人の事情も職人の覚悟もまだ分からない少女だけは、心に消えない傷を負ってしまった。

工房がなくなってからの音彦は果たして不幸な顔をしていただろうか。記憶を辿れば、覇気はなくなったけれど誰かを恨んだり世を嘆いたりすることもなく、穏やかに過ごしていた祖父の姿が思い出される。

けれど心の傷が癒えない杏奈の目にはそれさえも〈ファニチャースマイル〉のせいで元気を失くしたように映ったのだろう。

——……〈ファニチャースマイル〉を恨んでいたのは……私だったの……？

祖父が大好きで、彼の作るものを盲目的に素晴らしいと信じていたから。純粋な少女の大きすぎた愛情が、瞳を悲しみに曇らせていたのかも知れない。

呆然とする杏奈に、珠代は少しだけ悲しそうに微笑んで告げた。

「……杏奈。お爺ちゃんは〝復讐〟なんてこれっぽっちも望んでいなかったわ。当然でしょ？　大好きな孫娘にそんな暗い人生を歩ませたいなんて、思うはずがないわ。お爺ちゃんが死ぬまで望んでたのはね、ただひとつ、愛する杏奈の幸せだけよ」

音彦は無念なんて残していなかった。残していたのはただひとつ——孫娘への愛情だけ。

祖父の計り知れない愛情に気付かされ、胸が熱くなる。

杏奈はゆっくりと視線を移し、音彦の作った家具たちをぐるりと見渡した。

「お爺ちゃん……私、〝復讐〟なんてしなくて良かったの……？」

思い出の中の祖父が、柔らかく微笑んだような気がした。

十三年前から痛み続けていた傷が、すべて癒されていく気がする。珠代は涙を滲ませる杏奈の肩を優しく抱き寄せると眉尻を下げて微笑んだ。

「もっと早く伝えてあげれば良かったわね。まさか杏奈が〝復讐〟なんて考えてるとは思わなかったから」

　母の気遣いに、杏奈は首を横に振って答える。

「ううん、教えてくれてありがとう。それにひとりで〝復讐〟なんて考えた私が馬鹿だったの。あはは、ガラじゃないこと考えるもんじゃないね」

　涙を拭いながら笑って見せたけれど、珠代は眉を顰めると心配そうに尋ねてきた。

「でも……そのせいで、大切な人と別れてしまったんでしょう？」

　杏奈は珠代に堂島のことを上司としか伝えなかった。ましてや色仕掛けのことや、その練習があったことなど言えるはずもない。けれど珠代は娘の口ぶりから、堂島が娘にとって大切な人だということは察していたようだった。

　キュッと唇を嚙みしめ口を噤んだ杏奈だったけれど、ゆっくりと瞬きをすると意を決したような表情に変わった。

「お母さん。私、東京に帰る。堂島さんに会ってこなくっちゃ」

　何から伝えればいいかなんて分からない。けれど、〝復讐〟という枷の外れた心からは、次から次へと堂島への想いが溢れてくる。

　――会いたい。堂島さんに会いたい。会って、全部話して、それから謝らなくっちゃ。いっぱい迷惑かけた、苦しめた。怒られるかもしれない。呆れて嫌われるかもしれない。

それでも——会いたい。

杏奈は抱き寄せられていた手を離すと、踵を返し走って工房から出ようとする。

そのとき、外から車の大きなエンジン音が聞こえて庭の前に急停止する音が聞こえた。

このワイルドなエンジン音には聞き覚えがある。

杏奈の心臓は大きくドキリと跳ねて、まさかという逸る思いと共に鼓動が早くなった。

転げそうなほど慌てて工房から出てきた杏奈と、庭の前に止めた赤いスポーツクーペから出てきた男の視線が、刹那ぶつかる。

「……ど、堂島さん……」

「……杏奈……」

どうして彼がこんなところにいるのだろうと、頭が混乱する。会いたいと強く願いすぎて幻でも見てしまっているのかとさえ疑う。

けれど、堂島は杏奈に視線を縫いつけたまま寒椿の生け垣を回って庭へ入り、まっすぐ彼女へ近付いてきた。

そして大きな手が力いっぱい抱きしめてきたとき、杏奈は目の前の彼が幻ではないと確信した。

「杏奈……！」

感情がセーブ出来ないかのように、堂島の腕は加減なく杏奈の身体を抱きしめる。呼び掛ける声にも想いが滲み出ていて、それを聞いた杏奈の胸が切なさに締めあげられた。

「堂島さん……」

伝えなくちゃいけないことはたくさんある。どうしてここにいるのかも聞きたい。けれど今は、彼を抱きしめ返すことが精いっぱいだった。好きで好きで仕方ない気持ちが、言葉なんか消し去ってしまう。

互いの溢れる想いが落ち着くまで、ふたりはずっと抱き合った。

もう二度とこの胸に包まれることはないと思っていたのに。誰より何より愛しいこの場所へ顔をうずめられた喜びを、杏奈は全身で感じ続けていた。

しばらくしてそっと腕を緩めた堂島の表情は真剣なものだった。

それを見て杏奈も表情をひきしめると、すべてを話す覚悟を決める。けれど、先に驚くべきことを口にしたのは彼の方だった。

「……杏奈。〝復讐〟は中止だ。お前にそんな業は背負わせない。誰かを貶めた罪悪感のせいでお前が不幸な顔して生きるなんて、俺は絶対に嫌だ」

「えっ⁉」

あまりに予想外のことを言われ、杏奈はパチパチと目をしばたたかせる。そんな彼女を見て堂島は「そのかわり……」と言いかけてから一瞬口を噤むと、わずかに頬を紅潮させて続きの言葉を紡いだ。

「……そのかわり、俺がお前を幸せにする。俺の人生の全部を賭けて。お前が抱えてきた悲しさや悔しさが霞むぐらい、毎日笑顔にしてみせる。もうお前のお爺さんに直接詫びることは出来ないけれど、俺が必ずお前を幸せにしてみせる。それが……杏奈とお前のお爺さんに対する贖罪だ」

彼の言葉を聞いて、杏奈はしばらくポカンとしてしまった。そして、じんわりと身体の奥から湧き上がってくる歓喜に、顔を綻ばせる。

「……ふふ、……あはは、あはははは」

いきなり笑い出した杏奈に今度は堂島の方が目を剥いて驚いた。

「あははは！　堂島さん、大好き！　やっぱり堂島さんすごい！　大好き！」

相変わらず、興奮したときの彼女の言語は支離滅裂である。何が『すごい』なのか、さっぱり分からない。

けれど杏奈は戸惑っている彼に構わず思いきり抱き着くと、犬のように頬を摺り寄せて喜びを溢れさせた。

「好きです、堂島さん！　私……世界で一番あなたが好き」

触れ合った頬に、堂島は濡れた感触を覚えた。ギュッと背中にしがみついている手が、かすかに震えている。

「杏奈……」

堂島の大きな手がそっと髪を撫でると、杏奈はグスグスと数回鼻を啜ってから静かに喋り出した。

「……堂島さん。〝復讐〟は終わりです。私が全部間違ってたんです。私を愛してたお爺ちゃんが、私に〝復讐〟なんて望むはずなかったのに。だからもう、贖罪なんて考えないでください」

「えっ……？」

腕の中で彼女が告げた話に、当然堂島は驚かされる。そしてそれは遠回しに、『幸せにする』と言った申し出を断られたのかと思ったけれど。

「そのかわり……夢を叶えてください。私とお爺ちゃんの夢を」

そう言ってパッと身体を離した杏奈は、頬を染めた顔に満面の笑みを浮かべた。

「堂島さん、私を幸せにしてください。お爺ちゃんの作った嫁入り道具を持って、世界一幸せなお嫁さんになる夢を叶えてください」

庭に射し込む夕暮れの日差しに、屈託のない笑顔が煌めく。堂島はそれを、心の底から愛しいと思った。

「……ああ、約束する。お前のその笑顔、一生守り続けてみせる」

偽りのない想いが、素直に口から零れた。杏奈に恋をしてからずっと、自分が願い求め続けていたものはこれだったんだと気付かされる。

杏奈にずっとずっと、一番側で幸せに笑っていて欲しい、と。

「愛してる……杏奈」

今まで口に出せなかった想いを伝えれば、「私も。すっごく愛してます」と彼女らしい言葉で同じ想いが返ってきた。

〝復讐〟という枷が外れようやく素直に結ばれた心が、ふたりを幸福に満たしていく。

昂ぶった気持ちのままに堂島が唇を重ねようとしたとき。

「そうだ！　堂島さんも見てください、お爺ちゃんの作ったベッドとテーブルとドレッサー！　すごいんですよ、絶対感動しますから！」

スルッと腕から抜け出した杏奈が、高揚した様子で手を引き工房へ向かって走り出した。

「え？　あ、ちょっと待っ……」

「もうあれは芸術ですよ！　堂島さんも絶対驚くはず！　ほらほら、早く！」

祖父の作った素晴らしい嫁入り道具を、よっぽど見せたいのだろう。その気持ちは分かるけれど、キスしようとしていた雰囲気をいきなり変えられて、堂島はちょっぴりの不満と困惑を露わにする。しかも。

「あ、お母さん」

「えっ⁉」

工房には、庭で娘と恋人らしき男がラブシーンを繰り広げ出したせいで、出ていくに出ていけずずっとソワソワしていた珠代が立っていたものだから、堂島は思いっきり面喰らってしまった。

「ほほほ。初めまして、娘がお世話になっております。母の珠代です」

「あの……っ、初めまして、堂島雄基と申します。杏奈さんの上司でその……お付き合いさせて頂いてます」

彼女の母親の前で散々愛を語ったうえ、あやうくキスシーンまで見せてしまうところだったのだ。いつもは冷静な堂島も、しどろもどろにならざるを得ない。

そんな彼の気持ちなど察せず、杏奈はグイグイと腕を引いていく。

「お母さん、挨拶はあとね！　堂島さんにさっそく嫁入り道具見せてあげるの！」

半ば引き摺られるように連れていかれる堂島を、珠代は可笑しそうに眺めて手を振った。

こうして堂島はこのあと、杏奈に懇々と祖父の家具について語られ、そのあとは珠代の勧めで一緒に食事を摂ることになり――、ようやく念願のキスが出来たのは、杏奈と一緒に東京へ帰ってきてからだった。

エピローグ

あれから、一年が経った。

無事に堂島と入籍を済ませ結婚式を終えた杏奈は、今は青物横丁の海岸通りにあるタワーマンションで新婚生活を送っている。

広々とした２ＬＤＫの部屋は杏奈の大好きな英国トラディショナルのインテリアで統一されていて、音彦の作った嫁入り道具も念願どおりに日の目を見ることが出来た。

大好きな家具に囲まれながら大好きな堂島と一緒に暮らすことが出来て、杏奈は「幸せすぎて怖い」が口癖になるぐらい幸福に満たされている。

もちろん、約束通り彼女を毎日笑顔にしてあげられている堂島も、心の底から喜びを感じていた。

甘く、幸せな新婚生活だったけれど——ただひとつ、最近の堂島には不満があった。それは。

日曜日の午前。のんびりと朝の時間を過ごすふたりの新居に、ピンポーンとチャイムが鳴り響く。

　杏奈が部屋のインターフォンを取れば、モニターにはにっこり微笑んで手を振る来客の姿が映った。

「雄基さん、お義兄さん来ましたよ」

「はぁ？　日曜日の朝だぞ、何考えてるんだまったく」

　新婚の休日だというのに朝早くから押しかけてくる客人に、堂島は忌々しげな表情を浮かべるとチッと舌打ちまでする。

　何が気に入ったのか知らないが、兄の実千雄はよく弟夫婦の新居に遊びに来るのだ。杏奈とふたりきりの時間を邪魔されるのも不快だし、嫉妬深い彼としてはやはり遊び人の兄をやっと手に入れた新妻に近付けたくはない。

　けれどそんな夫の心中やいざ知らず、杏奈はウキウキとエントランスのセキュリティを解き、部屋の玄関も解錠して実千雄を招き入れる。

「おはようございます、お義兄さん」

「おはよう、子猫ちゃん。はい、お土産」

「キャー、〈Ｐｕｆｆ&Ｐｕｆｆ〉のロールケーキだぁ！　嬉しい、ありがとうございます！　すぐお茶淹れますから、どうぞくつろいでいてください」

　杏奈が大の甘いもの好きだと知ってから、実千雄は必ず人気店のスイーツを手土産に持ってくるのだ。そのせいで杏奈は彼の来訪を嫌がるどころか、このようにウキウキと歓迎している。それがまた堂島には実に面白くなかった。

「来すぎだ兄貴。新婚なんだから少しは遠慮しろよ」

革張りのチェスターフィールドソファーに悠々と座ってくつろいでる実千雄に、堂島は眉間に皺を寄せながら苦言を呈す。けれど、相変わらずそんなことで行いを改める兄ではなかった。

「なんかこの部屋って落ち着くんだよなー。だから、ついつい来ちゃうんだよ。やっぱ子猫ちゃんのセンスがいいせいかねえ」

のらりくらりとそんなことを口にすれば、褒められた杏奈だけが嬉しそうにニコニコとする。上機嫌で実千雄にコーヒーを出す彼女を見て、堂島の機嫌がますます悪くなった。

「だったら自分の部屋もアンティーク系に模様替えすればいいだろ」

「まあそのうちな」

コーヒーを飲みながら交わす兄の言葉が、その場凌ぎの出任せであることぐらい分かっている。実千雄はインターナショナル・スタイルのようなスッキリしたデザインが好きなのだから。

顔をしかめたままの弟に、実千雄は可笑しそうに口角を上げて笑って見せた。

「そうおっかない顔すんなって。俺も就任の準備で疲れてて、ちょっと癒しが欲しいんだよ。お前は俺の片腕になるんだから、公私共に支えてくれたっていいんだぜ?」

それを言われてしまうと、堂島も嫌な顔を出来なくなってしまう。

〈ファニチャースマイル〉は二年後に、洞木大千が社長を引退することを表明した。

昔は強気に経営を押し進めてきた大千も、大きな経営不振に見舞われた経験と歳をとったことで、ずいぶんと考え方を変えるようになった。息子たちに会社を託したいという思いが年々強くなっていたところに加え、次男である雄基の結婚が彼に身の引きどきを悟らせたのだろう。

結婚の挨拶に行ったときに、杏奈は大千に音彦の話をした。もう〝復讐〟などは考えていないけれど、義父になる人にはやはりすべてを知っておいて欲しいと思ったのだ。

大千は特に不機嫌になるでも気まずそうにするでもなく、彼女の話をじっと聞いていた。そして。

『あのときは私も私なりに経営者として最善を尽くしていた。無情と思われてもそれが商売というものだし、今さら反省をしたりはしない。あなたのお祖父さんも、今さら私に謝られても困るだろう。けど、お孫さんであるあなたには可哀そうなことをしたな』

杏奈に向かって真剣にそう話した。

初めて大千と言葉を交わしたことで、杏奈は長年胸につかえていたものがすべて流れたような気がした。

彼の言う通り、あれは〈ファニチャースマイル〉と音彦の間で取り交わされた商売だったのだ。みんな大切なものを守るために必死で働いている。ときに理不尽を感じたり納得の出来ないこともあるけれど、それを含め仕事ということなのだと杏奈は理解し、ようやく大人として一歩成長出来た気がした。

そして、挨拶を終え帰るとき。大千が「雄基、この子を幸せにしてやりなさい」と堂島に告げたのを聞いて、杏奈はこの義父のことが好きになれそうな予感がした。

大千は社長の座を退いたあとは名誉会長として業務からは一線を引く予定だ。元妻の聡子とは時々会っているようなので、引退後は復縁するのではないかというのは実千雄の見解である。

一方、呑気な老後の生活を企てる大千とは対照的に、新社長として就任予定の実千雄は多忙だ。いよいよ〈ファニチャースマイル〉の全権がその双肩に掛かるのだと思うと、堂島も精一杯兄を支えずにはいられない。

堂島は三十歳を迎えた今年の春から父との約束通り、取締役の任へと就いた。今の肩書きは〈ファニチャースマイル〉取締役本部長となる。そして二年後には名実ともに兄の片腕となるべく、副社長に就任予定だ。

杏奈が堂島との結婚を萌衣に報告したとき、彼が実は洞木社長の次男でいずれ副社長になることも話すと、目を剝いて驚かれた。『杏奈ってば、副社長夫人になるの⁉　それって玉の輿じゃん！』と。

萌衣に言われて杏奈は初めて気付いた。自分にそんな大層な肩書きが付くことに。

けれど杏奈にはいまいちピンとこない。たとえ堂島が取締役になっても、相変わらず彼女は商品部のバイヤーとしてせっせと働いているのだから。

もうワガママを聞いてくれるバイヤーチーフはいないけれど、それでも彼女は毎日楽しく仕事をしている。音彦や大千の想いを通して、杏奈は以前よりもっと真摯に家具に向き合うようになった。職人のために、〈ファニチャースマイル〉のために、良い取引をしようとバイヤーとして日々奮闘し成長している。

以前のように同じフロアでは働けないけれど、それでも堂島は彼女が一途に仕事に取り組む姿をとても愛しく思っていた。

結婚しようとどんな肩書きが付こうと、杏奈は杏奈だ。家具が大好きだと語り、ひたむきに努力し、時々は失敗をして落ち込む。家に帰れば帰ったで、得意ではないなりにも夫のために一生懸命料理をする。決して賢いタイプでも要領が良いタイプでもないし少し手の掛かるところもあるけれど、明るくまっすぐに生きる杏奈のことを堂島は、一生大切にしたいと心に誓わずにはいられなかった。

「そんじゃーね。お邪魔しました。子猫ちゃん、美味しいコーヒーご馳走様」

新婚の住居でたっぷりとくつろいでから、実千雄はヒラヒラと手を振ってご機嫌に帰っていった。

玄関で見送りながら、ようやくお邪魔虫がいなくなったことに堂島はハーッと盛大な溜息を吐き出す。

「まったく。なんでうちにばっか来るかなあ。癒されたいなら、女のところに行きゃあいいのに」

不満げな呟きを聞いて、隣に立っていた杏奈はわずかに驚いた顔を見せた。

「お義兄さん、女遊びやめたんですか？」

言われて、ハッと気付く。何度苦言を呈しても女遊びをやめなかった兄が、最近はここへ来るかわりに女性のところへ泊まっていないことを。

「……そっか……兄貴なりに真剣に取り組もうとしてるんだな……」

いつも飄々としているせいで余裕があるように見えていたけれど、実千雄なりにストイックに〈ファニチャースマイル〉と向き合おうとしているのだ。

その分、持て余してしまう寂しさは弟や、もしかしたら他の家族にも向けられているのかも知れないけれど。そう思えば、堂島は兄がここに入り浸るのも許せそうな気がした。

しかし。

「遊び人の異名を返上するほど頑張ってるんですね。だったら私達も応援しなくっちゃ。

良かったら今度、晩御飯にお誘いしません？」

　杏奈まで実千雄に優しくするのは、やはり少々妬けてしまう。

「……なんか、杏奈って妙に兄貴に優しくないか」

おとなげないと分かっていても、つい拗ねたことを言ってしまえば。

「だってお義兄さん、いい人じゃないですか。私、大好きですよ」

屈託なくそんなことを言われてしまい、堂島はショックで硬直する。

けれど杏奈はケロっとした表情のまま言葉を続けた。

「最初は正直、お義兄さんのことちょっと苦手だったんです。女性の扱い上手すぎて何考えてるか分からなくて。でも笑った顔はなんかすごくいいなって、ずっと思ってて。雄基さんと兄弟だって聞いて、どうしてそう感じてたか分かったんです。お義兄さんと雄基さん、笑顔がそっくりなんですよ。それに気付いてから、なんだか私お義兄さんのことが大好きになっちゃいました」

　意外な話を聞かされキョトンとしている堂島の手を両手で握りしめて、杏奈は照れくさそうに微笑む。

「だから私、ふたりが笑ってる姿を見るのすっごく嬉しいんです。上手く言えないけど……兄弟っていいなーって言うか、兄弟愛？　とか感じて」

　相変わらず彼女の言語は不器用だ。けれど、言いたいことは伝わる。堂島のことが好きだからこそ、彼を家族として親しみ愛してる実千雄のことも、また好きなのだと。

それは杏奈の堂島への愛情を再認識させる意味でもあるのだけど……そうと分かっていても、彼はいじけた表情のまま彼女を抱きしめずにはいられなかった。

「じゃあもしも兄貴にこんな風に抱きしめられたらどうする？」

「はぁ!?　急に何言ってるんですか、雄基さん！」

唐突に正面から抱擁されたうえ、意味不明な質問までされてしまい、杏奈は慌てふためく。

「お前さあ、すぐに『大好き』って言いすぎ。これからは俺以外にその言葉使うの禁止な」

「は？　はぁ……」

鈍感な彼女はやっぱり分かっていない。ヤキモチ焼きで妻が大好きな夫は、友愛や敬愛の『大好き』にも嫉妬してしまうことを。

腕の中で不思議そうな顔をしている杏奈に、堂島はすねた表情のままチュッとキスを落とし、それを繰り返したのちに深く唇を重ねた。

「……っ、ふ……ぅん……っ」

片手で杏奈の顎を押さえながら、堂島は強引に口内をねぶってくる。

唇の裏側も、頬の内側も、口蓋まで。くすぐったい愉悦に杏奈が熱い息を漏らせば、舌が押し付けられて絡み合う形にされてしまう。唾液をぴちゃぴちゃと鳴らしながら互いに舌を舐め合い、混じり合って溢れそうになった唾液を杏奈はコクリと小さく喉を鳴らして飲みこんだ。

「杏奈……」

唇をねっとりと食んでから、堂島は熱の籠もった声で呼びかける。そして、軽々と杏奈の身体を横抱きにしてから足早に寝室に向かった。

「ゆ、雄基さん！　まだお昼ですよ！」

「新婚に昼も夜もあるか」

抱えられた杏奈はジタバタと抵抗するけれど、火が着いてしまった夫には聞き入れてはもらえないようだ。

夫婦の寝室は上品なオフホワイトのジャガード織りの遮光カーテンで窓が覆われているが、昼間はレースカーテンだけなので明るい。

中央に置かれているのはゆったりとしたダブルサイズのベッド。もちろん、音彦が作った例の嫁入り道具のひとつだ。

そこに杏奈の身体を降ろすと、堂島はさっさと自分の服を脱ぎ始めた。夜のライトとは違う自然光に照らされた夫の裸体に、杏奈は赤面して視線を逸らしてしまう。

「……何恥ずかしがってるんだよ、今さら。俺の裸なんか、ほとんど毎日見てるだろう」

「恥ずかしいものは恥ずかしいんです！　それになんか……部屋が明るいのがいやらしい

……」

元々端正な顔立ちと抜群のスタイルをした男なのだ。セクシーな首筋も、男らしい肩幅も、引き締まった腹筋から腰までの淫靡なラインまで、余すことなく陽の明かりの下で見せられては、見慣れているはずの妻の胸とてドキドキしてしまう。

ベッドに寝そべって顔を背けたままでいる杏奈に、堂島は実に楽しそうな笑みを浮かべて近付いてきた。

「本当にお前は……いちいち可愛いヤツだな」

抑えきれない嬉しさを滲ませながら、大きな手が彼女の頬を撫で髪を梳き、着ているカットソーのボタンを外していく。あっという間にブラジャーが丸見えになってしまって、杏奈は両手で彼の手を摑み止めた。

「やっぱ駄目！　見るのも恥ずかしいけど見られるのはもっと恥ずかしい！」

「もう遅い」

か弱い抵抗などものともせずに、堂島は素早くブラジャーのホックを外すとカップをずり上げて、杏奈のふっくらとした胸をむき出しにした。自然光の明かりで見る胸はいつもよりなまめかしく感じるほど白く、薄桃色の乳頭がいやらしく見える。

劣情を煽られた堂島がたまらない様子で胸の先端にむしゃぶりつけば、杏奈は背を弓なりにして「はっ、あんっ……！」と高い声をあげた。

二十五歳まで恋を知らなかった身体は、堂島に抱かれた日からすっかり変わってしまった。彼の与える刺激に従順になり、全身で悦びを露わにしてしまう。

ぬるついた唇に覆われ、舌で押し潰されたり甘噛みされたりすれば、胸の実はあっという間に硬くしこる。弾力の増したそれを堂島の唇がチュウッと強く吸いあげれば、甘い痺れが杏奈の全身を突き抜けた。

「ひ、ぁあっ……！」

もう片方の胸も大きな手で覆われ、たっぷりと揉みしだかれたあとに指先で先端を摘まれた。男の無骨な指先がふっくらと起ち上がった実を捏ねて、卑猥に形を変える。

「やあ……っ、そんなにしちゃ、いや、ぁ……っ」

両胸から甘い熱が全身に蔓延ると、肌が桃色に上気し、じっとりと汗が滲んだ。下肢の間が切なく疼きだして、淫らな刺激を欲しがってしまう。なのに。

「イヤなのか？　だったらやめようか」

堂島は胸から口を離すと、わざとそんなとぼけた質問をした。

すっかり身体が昂ぶってしまっているのに、今さらやめるだなんて。

嗜虐的な彼の言葉に、杏奈は困惑と切なさの混じった表情を浮かべる。それを見た堂島は口の端を持ち上げて笑うと、汗の滲む彼女の胸の間にツッと指先を滑らせて言った。

「やめる？　それとも……どうする？」

肌への刺激に、低く囁くような声に、背筋がゾクリとわななく。ハァっと我知らず熱い息まで零してしまい、杏奈は抗えない自分を悟った。

「……してください……。もっと、いっぱいさわってください……」

節操がないと自分を恥じながらも、素直にねだる。すると、ニコリと目を細めた堂島が微笑んだ形のままの唇でキスをして、「おりこう」と子供に与えるような褒め句をくれた。

堂島はそのまま杏奈の上体を起こすと、中途半端に脱げていたカットソーとブラジャーを外す。そしてもう一度上体を寝かせると、穿いていたジーンズを下着と共に一気に下ろした。

「きゃっ！　わわわっ」

いきなり丸裸にされるとは思わず、杏奈は慌てて脚の間を隠そうとした。けれど堂島の手がそれを退かせ、縮こめようとした身体まで仰向けに押さえ付けられてしまう。

「ちゃんと見せて」

彼の命令に、杏奈はモジモジとしながらも素直に従った。何度も見られてるとはいえ、明るい場所でマジマジと見られるのはやはり恥ずかしい。

視線をあさっての方向へ向けて気まずさをやりすごしていると、ふいに臍（へそ）をコチョコチョとくすぐられた。

「ひゃふっ！　ひゃんっ！」

杏奈は驚きとくすぐったさで素っ頓狂な声をあげ、身体を跳ねさせてしまった。それを見て堂島は「くすぐったがり」と可笑しそうに笑うと、そのまま臍を愛撫した。

「ひゃぁ、ん……くすぐっ、たい……」

初めて愛撫される場所は、くすぐったさの奥に妖しい感覚が疼く。ウエストや下腹部を硬い手の平で撫でられながら、クニュクニュと臍を舌で弄られているうちに、再び脚の間に熱が籠もってきた。

堂島は臍を愛撫していた舌をそのまま下へ綴らせ、恥丘のラインに沿って這わせていく。茂みにまで辿り着くと手で腿を開かせ、今度は唇で媚肉ごとねぶった。

「んっ、あ……」

ねっとりとした刺激に、杏奈は熱い息を吐き出して身体を捩らせる。すると、膝裏に手を差し入れられ腿を大きく持ち上げられてしまった。

「きゃあっ!!」

開脚したまま腰が浮くほど腿を持ち上げられてしまい、とんでもない格好にさせられる。ただでさえ部屋が明るくていつもより恥ずかしいのに、恥部をこんなにさらけ出すだなんて。羞恥心が突き抜けて頭がパニックになってしまう。

「やだやだやめて！　雄基さあん!!」

身体を起こして逃げたくても、折り曲げた下半身ごと上から押さえ付けられてしまっていて身動きが取れない。せいぜい膝から下をパタパタと動かせるぐらいだ。

それなのに堂島は杏奈の秘裂にチュッ、チュッと啄むようなキスを落として言う。

「可愛いよ、杏奈」

こんなポーズをさせて言う台詞ではないと訴えたいけれど、彼は本気で愛おしげな眼差しをし、焦らすように秘部やその周辺に軽いキスを繰り返した。

「っ……、ぅ……あ、ん……っ」

すべてが見えてしまっている恥ずかしさと繰り返されるもどかしい愛撫は、甘い疼きになって杏奈の蜜壺を潤わせる。

「濡れてきたな」

嬉しそうに呟いて、堂島は両手の指ですっかり熱を持った花弁を左右に開いた。

「やっ……!!　や、ぁ……」

淫らな場所を奥まで見られてしまい、もはや羞恥で言葉も出てこない。唇を噛みしめながら、強烈な羞恥に耐えるようにギュッと目を閉じた。

そんな彼女をますます虐めるように、堂島は花弁を開いたまま赤く剝き出しになった秘肉を舐める。唾液と杏奈の蜜を交じり合わせ、わざと卑猥な水音をたてた。その音は杏奈の耳まで届き、嫌でも自分がどれほど濡れているかが分かってしまう。

「溢れてグチュグチュだ……いやらしい身体だな」

追い打ちをかけるようにそんなことまで言われ、恥ずかしさのあまり目尻に涙が浮いてくる。なのに、気持ちとは裏腹に蜜壺は切なく疼き、さらに蜜を溢れ出させてしまうのだから、杏奈はもう自分の身体が理解出来ない。

しかも堂島の舌はついに敏感な肉芽まで弄りだし、抑えていた声をこらえきれなくなってしまった。

「あぁっ……！　あ、あん……っ！」

「ここも、もう大きくなってる。舐めてもらいたくて仕方なかったんだ？」

またも意地悪な台詞を言われて、杏奈は必死に首を横に振る。けれど堂島は「ふーん」と目を細めると、今度は肉芽を包皮から剝き出しにしながら指先でそれを捏ね回した。

「やぁあっ、あっ、あぁっ……！」

「素直じゃない子にはお仕置きが必要だな。ほら、もっと虐めてやろうか？」

長い指が、過敏になっている赤い玉をキュッと強く摘む。あまりに強烈な刺激に、下半身がビクンと大きく震えた。

キュッキュッと強弱をつけて、堂島の指が器用に小さな肉芽を摘む。そのたびに痛いほどの痺れが下腹に走り、杏奈の口からは「ひ、ぃ……んっ……！」と泣き声のような嬌声があがった。

敏感な場所をそんな風に虐められてはたまらない。もっと優しく愛でて欲しくて、杏奈は涙目になってお願いをする。

「そ、れ……やだ、ぁ……っ、もっと優しく……んっ」

電流のような痺れに翻弄されながら途切れ途切れに言葉を紡げば、堂島は指の動きを止めないまま杏奈の顔を覗き込んで「優しく、何？」と尋ねてきた。

——雄基さんの意地悪っ‼

心の中で文句を言いながらも、素直に従わざるを得ない。与えられ続ける強烈な刺激と羞恥に耐えながら、杏奈はおずおずと口を開いた。

「や……優しく……んっ、……な、舐め……て、ください……」

「いい子だ」

満足そうに、堂島が微笑んだ。嗜虐と支配欲と独占欲が滲んだ笑顔。それは紛れもなく杏奈を求める雄の顔で、意地悪で困ってしまうと思いながらも、胸が苦しいほどときめいてしまう。

そして杏奈のおねだり通り、堂島は秘所に顔をうずめ伸ばした舌先で優しく淫芽を舐めた。蜜と唾液をたっぷり纏わせた舌でねっとりと覆ったり、舌先だけでチロチロとくすぐったりと、存分に敏感な突起を可愛がる。

「あ……あ、あぁ……っ」

求めていた刺激を与えられ、上擦った声が勝手に喉から零れた。快感が引いては寄せる波のように下腹から広がり、全身を甘い愉悦で包む。

このとろけるような悦楽を与えてるのが愛しい人の舌だと思うと、杏奈の身体はますます昂ぶり、蜜口を切なく疼かせた。

そして、もどかしいほどの刺激を繰り返し与えられて蓄積された甘い熱は、堂島の温かい唇が充血した肉芽をチュウッと吸い上げたと同時に、体内で弾けた。

「あぁぁーっ‼」

内腿がビクビクと痙攣し、脚を閉じたいのに、堂島の手が押さえ付けていてそれを許さない。大きく開かされたままの秘所からははしたないほどに露が溢れ、腿や恥毛までも濡らしてしまった。

ハァハァと息を切らせながら、杏奈は自分の蜜口や花弁がヒクヒクと蠢いてるのを感じる。絶頂の余韻でヒクついている秘所など見られたくはないのに、堂島の視線は容赦なくそこに注がれている。

「雄基さん……、も、手、離して……」

弾む息混じりにお願いを口にするけれど、まだまだ彼の支配欲は満たされていないようだ。

片手で杏奈の脚を押さえたまま、堂島は最後に身に着けていた下着を器用に脱ぐと圧し掛かるように身体を重ねてきた。

まさかこの体勢のままされるのかと思い、杏奈が身体を硬くさせると。

「挿れるよ、杏奈」

渇望の眼差しを向けながら告げられ、次の瞬間、剛直が隘路を抉るように押し入ってきた。

「あああああっ!!」

熱い肉杭を一気に奥まで突き入れられ、胎内の膣肉が歓喜にわななく。しかもいつもより深く繋がる体勢のせいで、最奥をグリッと強く突かれた。否が応でも身体が快楽の頂点へ押し上げられてしまい、またも杏奈は達してしまった。

蜜壺が雄茎をギュウッと締めつけ止まらないほどに露を溢れさせる。

「ひ、……ぁ、……ああ……っ」

身体も頭も絶頂の波に呑みこまれて自我を失ってしまったみたいだ。唇からは震える声が漏れ、頬を涙が伝っていった。

そんな杏奈を恍惚とした表情で見ながら、堂島は妖艶に口の端を持ち上げる。

「可愛いよ、杏奈。もっともっとイかせてやるから」

のどかなはずの休日の寝室に、肌のぶつかり合う音と淫らな水音、そして断続的な喘ぎ声が響き渡る。

「あんっ、ぅうんっ、あぅっ、ん」

　蜜口を熱く昂ぶった剛直が何度も行き来するたびに、杏奈の口からはうめき声のような嬌声があがった。

　最奥を突かれるたび頭がおかしくなるような深い快感に襲われる。次から次に襲ってくる愉悦の波のせいで、杏奈はもう自分の身体が達したまま戻ってきていない感覚がしていた。

　突かれながら唇を重ねられ、意識を朦朧とさせながらも必死で舌を伸ばし彼の舌と絡ませ合う。

　舌を強く吸われると、神経が繋がっているかのように蜜壺がキュッと収縮し、いっそう感度が高まってしまった。

「もう……っ、だめ……」

　快楽が限界まで全身を満たし、苦しいほどだ。達しすぎてガクガクと震える脚には、力が入らなくなっている。

　堂島は熱の籠もった息をハァっと大きく吐き出すと、「いくぞ」と低く囁いた。そして杏奈の両手に自分の手を重ね、思い切り腰を突き動かし始める。

「あっ、ひ、ぁあっ！」

　もう限界だと思っていたのに激しく抽挿を繰り返され、全身が粟立つほどに甘く痺れる。胎内の痙攣が止まらずに、身体が壊れてしまったかと思うほどだった。

頭が真っ白になって下腹の奥でなんども愉悦の火花が弾け飛ぶ。嬌声が止まらずに自分でも何を口走ってるか分からなくなった頃。

「杏奈……っ」

苦しそうに呻いた堂島の動きが止まった。腰を目いっぱいまで押し付け、杏奈の一番奥で熱い白濁を勢いよく吐き出す。

堕ちるように意識を手放しながら、杏奈は自分の中に感じる堂島の熱い精を愛しく感じた。

＊　＊　＊

目が覚めたとき、寝室には杏奈ひとりだけだった。

裸のままだったけれど身体は綺麗に拭かれていて、寒くならないよう薄掛けもしっかりかけてある。

激しく愛されたせいでひどく怠い身体を起こすと、杏奈は自分がとても空腹なことに気が付いた。と、同時に廊下から漂ってくるいい匂いを鼻が捉える。

服を着て廊下に出てみると、手にトレーを持った堂島がダイニングからひょっこり顔を出した。

「目が覚めたか。昼食出来てるぞ」

「えっ、雄基さん作ってくれたの？」

驚いてパタパタとダイニングへ駆け込めば、テーブルには黄金色に焼けたフレンチトーストが乗っていた。ご丁寧に林檎やキウイなどのフルーツも飾られ、見た目の可愛らしさとバターと蜂蜜の甘い香りに、杏奈は思わずゴクンと喉を鳴らす。

「ちょっと無理させちゃったからな。お詫びに」

少し照れくさそうに言って堂島はアイスティーをふたつテーブルに置くと、杏奈に席に着くように促した。

「すごく美味しそう。いただきまーす」

手を合わせて、カットしたフレンチトーストを大きな口を開けて頬張る。口の中でコクのある甘さが溶けだし、杏奈は至福を感じた。それはきっと蜂蜜の甘さだけじゃなく、彼の甘い真心がいっぱい詰まっているからだと思う。

堂島は杏奈の手料理が好きなせいもあって、あまり自分では作りたがらない。けれど、時々はこんな風に彼女を気遣って腕をふるってくれることもあり、杏奈はそれがとても嬉しかった。

ニコニコと食べ進める杏奈を、堂島はナイフとフォークを持つ手を止めてジッと見入る。その眼差しは愛しさに溢れていて、とても優しい。

「……そんなに見られてると、なんか照れちゃうんですけど」

くすぐったい気がしてそう訴えると、堂島はニコリと目を細めて言う。

「いいから気にするな。俺、お前がそうやって笑ってるの見てるのが好きなだけだから」

その言葉を聞いて、杏奈の胸にとても温かなときめきがひとつ落ちた。

——なんか……これって、すっごく幸せかも。

自分の喜ぶ顔をこんなに望んでくれている人がいる幸福に、杏奈は気付く。そして自分もまた、彼の笑顔がとても嬉しいことにも。

「あ、そうか」

ふと零した呟きに、向かいの席の堂島が「ん?」とキョトンとする。杏奈は照れくさそうに笑って「なんでもない」と首を横に振ってから、再びフレンチトーストを食べ始めた。

目の前の夫も、このテーブルを作ってくれた音彦も、杏奈を大切に想ってくれた人はみんな彼女の笑顔を望んでくれた。

その逆もまた然りで、杏奈は堂島をはじめ大切な人の笑顔が嬉しいと思う。家族や友人はもちろん、今では実千雄や大千、聡子の笑顔さえも。

そんな当たり前のことに気付いたとき、杏奈は〝復讐〟を誓っていた頃の自分がなんだかとても可笑しく思えた。どうしてあんなに悩んだり泣いたりしたのだろうと。

音彦も堂島もただ杏奈を愛し、笑顔を願ってくれていただけだったのに。

——愛って、案外シンプルなものなのかも知れない。

幸福の味がするフレンチトーストを噛みしめながら、杏奈はしみじみと考えた。短絡的な彼女は、ややこしいことが苦手だ。だからもう、シンプルに生きようと心に決める。

——私の愛する人がみんな、ずっと笑顔でいられればいい。そして私も、誰かに愛される限りずっと笑顔で生きればいいんだ。

それが堂島杏奈がのどかで幸せな休日に気付いた、単純で、けれども掛けがえのない真実だった。そして彼女はニッコリと微笑むと、それを教えてくれた目の前の男に心の中で礼を述べる。

——恋とか愛とか、大切なことといっぱい教えてくれてありがとう。

「何か言ったか？」

視線を感じた堂島が顔を上げて尋ねると、杏奈ははにかんだ笑みを浮かべて返した。

「美味しいランチをどうもありがとう、って言ったんです」

「そっか。どういたしまして」

午後の日差しを受けて、ふたりの笑顔が煌めく。

昼下がりのダイニングに満ちた幸せは、ふたりの胸をいつまでもいつまでも温かくした。

END

あとがき

はじめまして、桃城猫緒です。このたびは『処女ですが復讐のため上司に抱かれます！』をお手に取ってくださり、どうもありがとうございます。

この作品は小説投稿サイト・メクるさんで開催された、らぶドロップス恋愛小説コンテストに入賞した作品です。私が応募した第十回のテーマは『真実の愛』ということで、はてさて、現代モノＴＬで『真実の愛』ってどんなものだろう？　と随分と悩みながら書いたのを覚えています。

『真実の愛』というドラマチックな響きのテーマに、最初はシリアスな物語が思い浮かんだのですが、過剰に波乱万丈で全然ＴＬっぽくなくなってしまって……笑。悩みに悩んだあげく、シリアスとは真逆の明るいラブコメディになりました。

どこにでもいそうなフツーのＯＬ杏奈が、初めての恋をして彼女なりに色々なことを体験して考えて、そして彼女なりの『真実の愛』にたどり着くまでの物語です。

この作品を読まれた皆様が、杏奈と一緒に胸キュンしたりドキドキしたり笑ったりして楽しんでくださったら、たいへん嬉しく思います。

この場をお借りして『処女ですが復讐のため上司に抱かれます！』に携わってくださった皆様にお礼を申し上げたいと思います。

素敵な表紙と挿絵を描いてくださった逆月酒乱様、どうもありがとうございました！雄基と実千雄が兄弟そろってイイ男で興奮しました笑。杏奈もキュートに描いていただけて嬉しかったです。

編集を担当してくださったH様、たいへんお世話になりました。ご丁寧に見てくださり、相談にもすぐ対応してくださってとっても助かりました。どうもありがとうございました！

パブリッシングリンクのK様。年初めの打ち合わせから今日まで、長い間お世話になりました。ご丁寧な指導やアドバイス、感謝いたします！

コンテストで作品に投票、閲覧してくださった読者様。おかげさまで書籍化と相成りました。応援、心より感謝いたします。ありがとうございました。

その他、竹書房様、パブリッシングリンク様、メクる様はじめ、この本の製作に携わった全ての方に感謝申し上げます。

そして最後になりましたが、この作品を手に取ってくださった皆様に大きな感謝を込めて、どうもありがとうございました！

処女ですが復讐のため上司に抱かれます！

２０１７年9月２９日　初版第一刷発行

著……………………………………………………… 桃城猫緒
画……………………………………………………… 逆月酒乱
編集………………………… 株式会社パブリッシングリンク
ブックデザイン………………………………… しおざわりな
（ムシカゴグラフィクス）
本文ＤＴＰ……………………………………………… ＩＤＲ

発行人………………………………………………… 後藤明信
発行………………………………………………… 株式会社竹書房
〒102-0072　東京都千代田区飯田橋２－７－３
電話　03-3264-1576（代表）
03-3234-6208（編集）
http://www.takeshobo.co.jp
印刷・製本………………………………… 中央精版印刷株式会社

ISBN978-4-8019-1217-5　C0193
Printed in JAPAN